KB099610

소설은 소설이다

소설은 소설이다

발행일 2022년 8월 25일

지은이 박희진
펴낸이 손형국
펴낸곳 (주)북랩
편집인 선일영 편집 정두철, 배진용, 김현아, 박준, 장하영
디자인 이현수, 김민하, 김영주, 안유경 제작 박기성, 황동현, 구성우, 권태련
마케팅 김회란, 박진관
출판등록 2004. 12. 1(제2012-000051호)
주소 서울특별시 금천구 가산디지털 1로 168, 우림라이온스밸리 B동 B113~114호, C동 B101호
홈페이지 www.book.co.kr
전화번호 (02)2026-5777 팩스 (02)2026-5747

ISBN 979-11-6836-466-0 03810 (종이책) 979-11-6836-467-7 05810 (전자책)

유토피아와 디스토피아 사이

인문철학 소설

소설은 소설이다

박희진 지음

궁극적인 행복을 스스로 만들기 위해
인류는 '인디펜던트 휴먼'으로 나아가야 한다

북랩

프롤로그

유토피아와 디스토피아 사이에서 여러분은 어떤 길을 선택할 것인가?

인류가 앞으로 나아가야 할 방향에 대해서 소설 형식을 빌려, 인문철학적인 요소를 삽입했다. 소설 속에 강연이라는 특이한 구조를 갖고 있는 책이다.

인류에게 로봇, 인공지능, IT, 생명공학 등 최첨단기술과 융합된 새로운 신체가 필요한가?

인류는 철학, 종교, 법 등에 대한 관점을 미래 사회에서도 지금처럼 유지해 나아가야 하는가?

인류는 우주로 꼭 진출해야 할 필요가 있는가?

인류는 환경 문제에 대해서 지금처럼 대응하면 해결되는가?

인류는 죽음에 대해서 어떤 관점을 가져야 하는가?

이와 같이 다양한 사회 문제와 철학적인 질문에 대해서 과거의 지식에 얽매이지 않는 완전히 새로운 형식과 특이한 관점의 인문철학 소설을 시도한다. 이 책에서는 기존 소설책의 상투적이며 세세한 묘사나 몰입력 있는 상황 설명과 전개는 거의 제거되고, 인물 간 대화도 최소한으로 진행된다.

인문철학 분야에서 현재와 미래의 사회 문제를 다루는 소설로, 보통의 소설 장르를 기대하는 독자들에게는 지루하고 딱딱할 수도 있다. 하지만 인류에게 던지는 주요 메시지가 책 곳곳에 스며 있다.

이제 이 책을 읽을 마음의 준비를 단단히 하였는가?

그럼 페이지를 넘겨보자!

차례

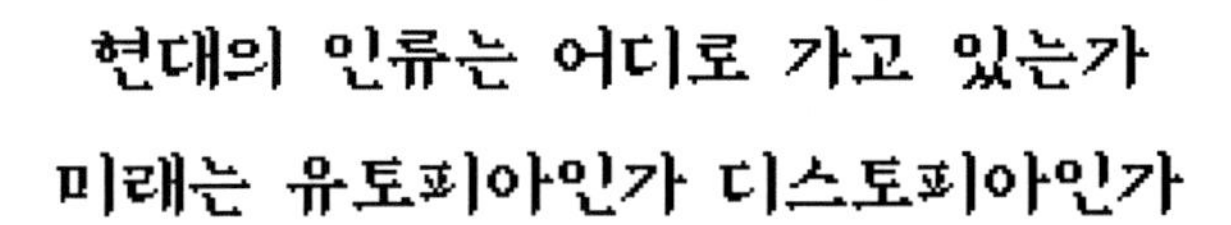

소설은 소설이다

1
어느 날

휙~ 휘~ 휙~ 휘~ 달그락~ 달그락~.

다람쥐 한 마리가 공원 한편 동물 체험장에서 열심히 쳇바퀴를 돌리고 있다. 봄, 여름, 가을, 겨울 하루하루를 다람쥐처럼 반복되는 일상을 보내던 한 사람이 공원에서 먼 산을 바라본다. 산을 담은 그의 진한 갈색 눈동자는 깊은 사색에 잠긴 것 같다.

그는 평소에 집 앞 공원을 자주 산책하려고 노력 중이다. 경칩이 지나고 공원에 핀 봄꽃들을 구경하러 잠시 나온 것이다. 쌉싸름한 풀냄새와 뽀송뽀송 정갈한 볕 내음이 향긋한 바람 끝에 그의 눈썹과 귓바퀴를 스친다.

이 공원은 사계절 내내 사람들로 항상 붐빈다. 몇몇의 사람들이 산책하는 그를 알아보고 다가와 물었다. 까무잡잡한 피부에 짧은 수염과 뿔테 안경, 그리고 두꺼운 입술, 누구나 그를 쉽게 알아볼 수 있게 맨얼굴이 그대로 드러나 있다.

"어잇~ 안녕하셨소! 크 슨상님 맞지라? 아따 겁나게 반갑소! 슨상님에 대한 이야그는 많이 들었지라. 한가헌 거 같은디 초면에 이야그 쨰까 나눌 수 있을께라?"

사람들 중 부리부리한 눈매의 점잖게 보이는 중년 신사가 굵고 구수한 사투리로 묻는다.

"으~ 음. 네, 안녕하세요! 말씀하세요." 자주 있는 일인 듯 자연스럽게 대꾸하며 그가 말했다.

"참말로 슨상님은 으뜷게 깨달음을 얻어부렀소?" 중년 신사가 말했다. 중년 신사는 어설픈 지역 사투리와 특이한 억양을 사용하면서, 유머러스하고 에너지가 넘치는 사람이었다.

크 선생은 몇 권의 책을 쓴 후 이런 질문을 요즘 들어 자주 받는 편이다. 크 선생이 주저하지 않고 곧바로 입을 열었다.

"반복되는 일상에 지쳐 있던 어느 날 잠을 자고 아침에 깨어나니, 갑자기 지혜가 생겼습니다. 마치 겨울잠을 자고 깨어난 개구리처럼, 잠들어 있던 지혜가 깨어났다고 볼 수 있습니다. 노력으로는 깊은 깨달음을 얻을 수 없습니다. 진정한 지혜는 어느 날 갑자기 이유 없이 찾아옵니다."

마치 랩을 하듯이 리듬감 있게 말하고 있던 그때, 사람들 중 어떤 한 사람이 그의 말을 끊으며 묻는다.

"노력 없이 지혜가 어떻게 온대유? 말도 안 돼유~. 진짜 아무 노력도 하지 않았시유?"

그는 대답했다. "인생의 많은 것들이 노력 없이 갑자기 찾아오지요. 노력해서 쟁취하는 것들은 깊은 깨달음에 비하면 오히려 소소합니다."

그는 약간의 뜸을 들이고는 이어서 이야기를 해나갔다.

"진정한 지혜를 구하는 절실한 노력보다는 주어진 삶에서 낙오되지 않기 위해 그저 버티는 노력 정도였습니다. 이것을 진정한 지혜를 구하기 위한 노력이라고 평가하기에는 인과관계가 성립되기 어렵습니다. 한마디로 지혜의 씨앗을 심는 노력을 하지 않았습니다."

그러자 한 청년이 경쾌하지만 날카로운 목소리로 그에게 말을 했다.

"선생님이 책을 써서 현자로 유명해진 것도 일종의 노력이라고 볼 수 있지 않습니까?"

그가 단호하게 말했다. "아니오, 그것은 깨달음을 얻고 난 이후에 지혜를 공유하고 싶어서이니 깨달음을 얻기 위한 노력은 아니지요."

청년이 다시 말했다. "책을 집필하면서 깨달음이 더 선명해지고, 생각이 정리된 것은 아닙니까?"

그가 약간 당황하며 말했다. "생각이 정리됐다는 것은 일부 인정합니다. 하지만 집필 활동이 더 새로운 깨달음으로 이끌지는 않았습니다. 다만 머릿속에서 맴도는 깨달음을 다시 잠들기 전에 글로 정리하여 표현할 가치가 있다고 느끼고 집필 행동으로 옮긴 것에 불과합니다."

사실 날카롭게 질문한 청년은 어느 문학웹진 기자였다. 청년 기자는 자연스럽게 그에게 다가가 일상 속에서 밀착 취재할 요량이다.

그때 누군가 사람들 사이 저 뒤쪽에서 손을 들며 외친다.

"여기요~ 추가 질문이 있는데요?" 한 여자가 말했다. 크 선생은 뭔가 불편한 듯 얼굴이 어두워진다.

"제가 다른 일정이 있어서 여기까지만 이야기하겠습니다. 더 자세한 내용을 알고 싶은 분들은 제 책을 구독하시거나 제 강연에 참여해주시길 부탁드립니다." 그는 조급히 말했다.

그리고는 바쁜 듯 빠른 걸음으로 자리를 떠났다.

2

조용한 공간

아무도 없는 그만의 조용한 공간으로 숨어들었다. 그는 머리가 심하게 아파오거나, 가슴에 통증이 찾아오거나, 고질적인 어깨 통증이 찾아오면 그만의 공간에서 가만히 쉬면서 회복하곤 했다.

공원에서의 그 여자는 간혹 그에게 이상한 질문을 하는, 부딪치기 싫은 유형의 사람이었다. 사실 그는 몇 권의 책을 출간한 다음에 유명세가 생겼다. 사람들이 대화하기를 청하는 경우가 많아졌고, 길이나 카페, 모임 등에서 대화하는 경우가 많아지다 보니 자연스럽게 특별 강연까지 하게 되었다. 많은 사람들 앞에서 말하는 것이 부담스러웠던 그였지만, 한편으로는 지혜를 나누면서 사람들과 조금씩 소통한다는 즐거움도 있었다. 물론 소소한 수익도 발생했기에 나쁘지 않았다.

그의 지혜는 시간이 흐를수록 점점 성숙해지고 있었다. 하지만 지혜가 성숙해질수록 대중과의 소통에 어려움이 커져갔다. 그는 스스로에게 조용히 이야기했다.

"소통이 중요한가? 직설적인 지혜의 나눔이 중요한가? 그것이 문제다. 인기를 얻을 것인가? 무시나 비판을 받을 것인가? 선택해야 한다. 비유적이고 두루뭉술한 표현으로 사람들의 호기심을 자극하고 뭔가 그럴싸하게 포장할 것인가? 가능하면 직설적이고 쉬운 표현으로 있는 그대로의 날것을 보여줄 것인가? 지금까지 사람들이 믿어왔던 많은 부분이 잘못되었다고 말할 것인가? 잘못되었을 수도 있다고 말할 것인가? 용기가 필요하다."

사실 그는 내세울 만한 스펙도 없고, 유명인도 문화예술인도 인문철학 분야 전문가도 아니기에 글을 쓰는 것이 많이 망설여졌다. 주변의 만류와 장난 섞인 조롱이 있었지만, 그는 결국 글을 썼다. 조용한 팬덤이 형성되었지만, 여전히 가까운 사람들은 그를 현자로 인정하지 않았다.

요즘 대세인 유튜브보다는 글을 쓰는 것이 그에게는 더 잘 맞았다. 지난겨울 3번째 책을 마무리하고 그의 책을 펴내줄 출판사를 찾았지만 계속 퇴짜 맞기 일쑤였다. 겉으로는 예의상 관례적인 표현으로 조심스럽게 퇴짜를 놨지만, 실제로는 '소설책의 고유한 맛이 없다. 요즘 인문철학 소설은 출판시장에서 대박 나기 어렵다. 무명의 작가가 쓴 소설을 누가 읽겠는가? 대중성도 없고, 전문성도 없고, 재미도 없다. 형식이 특이해서 소설책 같지 않다. 문학작품하고는 거리가 멀다' 등 직설적인 표현이 그의 귀에 들리는 듯했다.

'그럼 뭐가 있는가? 허구의 이야기인 듯 보이지만, 그 속에는 진짜 알맹이 지혜가 있다. 그가 놀라운 지혜를 얻기까지 그럴싸한 스토리나 배경은 없지만, 그의 글과 말에는 진짜 지혜가 있다. 왜 그에게만 번개가 쳤는가? 그는 왜 홀로 진짜 지혜를 깨달아버린 병에 걸린 것인가? 왜 그는 지혜를 잘 표현할 수 있는 필력도 언변도 없는가? 하늘과 땅은 그에게 하나의 줄기만 허락했구나! 그 줄기에서도 새로운 가지가 나고 싹이 나서 열매를 맺을 수 있을까? 뿌리 없는 나무에 한 가지가 접붙임을 당했으니, 신비롭다. 아~ 꽃꽂이 병에 아름답게 핀 이 꽃은 곧 시들겠구나! 시들기 전에 기록해놓자. 그 특이한 꽃이 무슨 말을 하는지 집중해서 눈으로, 가슴으로 듣자! 하지만 낙심하지 마라. 시들어버려야 다시 새로운 꽃이 피니까.'

그의 마음속 독백은 쉽게 가라앉지 않았다. 그간 책을 집필하고 출판사와 연결되어 출간되기까지의 많은 어려움들이 그의 머릿속을 스쳐갔다.

여전히 그는 사람들과 소통하는 것이 어렵다. 심지어 가족과의 대화에서도 그는 말수가 매우 적은 편이다.

그의 독백들이 모여서 그동안 몇 권의 책이 출간되었으니, 출간된 책들이 아니었다면 그는 계속 중얼중얼거리다가 미쳐버렸을지도 모른다.

3

10가지 특징

그가 평소에 강조하는 '인디펜던트 휴먼(Independent Human)'을 설명해달라는 요청에 그는 자신의 3번째 책의 내용을 소개하면서 이야기하곤 한다.

그의 3번째 책 『인디펜던트 휴먼은 이렇게 말했다』에서는 '인디펜던트 휴먼'에 대해서 10가지 특징으로 간략히 정의하고 있다.

① 인디펜던트 휴먼은 창조하는 자이다.

② 그는 비판하는 자이다.

③ 그는 스스로 서 있는 자이다.

④ 그는 과거와 미래를 재해석하고 현재를 자각하는 자이다.

⑤ 그는 자신의 영혼과 육체를 사랑하는 자이다.

⑥ 그는 매 순간 새롭게 변화하는 자이다.

⑦ 그는 지혜를 사람들에게 전파하는 자이다.

⑧ 인디펜던트 휴먼은 부정하지 않는 자이다.

⑨ 그는 유한하며, 또한 무한하다.

⑩ 그는 완전히 모르면서, 모든 것을 알 수 있다.

크 선생은 이러한 특징을 꼽은 이유에 대해 강연장에서 종종 이렇게 말한다.

"신은 인간이 완전히 독립하기를 원합니다. 신에게 의지하지 않고 당당히 스스로 서 있길 원합니다. 하지만, 인간들은 스스로 서 있기를 거부합니다. 언제쯤 완전히 독립적인 인간이 될 수 있을까요? 언제쯤 모든 것을 기존의 지식으로만 이해하려 하지 않고, 그냥 있는 그대로 받아들이고, 책임을 회피하지 않고 선악을 판단하지 않는 성숙한 존재가 될 수 있을까요? 결국, 신은 인간이 신으로부터 떠나, 이 땅에서 온전히 독립하기를 원하십니다. 완전한 성인이 되기를 원하십니다. 이렇게 온전하고 완전하며 독립된 성인을 '인디펜던트 휴먼(Independent Human)'이라고 합니다. 인디펜던트 휴먼은 신의 존재를 부정하지 않으며, UFO나 외계의 생명체도 부정하지 않습니다. 그는 대자연의 법칙을 부정하지 않으며, 설명할 수 없는 수많은 현상들을 부정하지 않습니다. 그는 모든 것을 부정하지 않습니다. 그는 지혜를 다루는 기술자입니다. 그는 영혼과 육체, 현재의 삶도 지혜라는 울타리 안의 도구일 수 있다고 때론 생각합니다. 하지만, 목적이 아닌 도구라 할지라도 아끼고, 사랑하며, 잘 사용해야 한다고 그의 마음 한편에 새겨져 있습니다. 목수에게는 만드는 물건도 중요하지만, 그의 연장도 매우 중요합니다. 인디펜던트 휴먼은 연장을 자신의 몸처럼 영혼처럼 아끼고 사랑합니다. 여러분도 인디펜던트 휴먼이 될 수 있습니다."

현 인류는 인디펜던트 휴먼이 되어야 인류의 미래가 밝다고 크 선생은 믿고 있다. 인디펜던트 휴먼을 통해 인문철학과 IT 및 의학, 우주과학 등의 첨단기술의 만남을 이야기하고 있다.

하지만, 그의 독자층을 중심으로 아직 일부 조용한 팬덤만 형성되어 있고, 그마저도 특이한 소설쯤으로 치부해버리기 일쑤이다.

조용한 팬덤이지만, 그 안에서는 '소설은 소설일 뿐이야!'라는 그룹과 '인디펜던트 휴먼이 세상을 변화시킬 수 있을 거야!'라는 그룹으로 나뉜다. 사람들은 신을 부정하지 않으면서도 인류 문명의 위대함과 우주의 광활함을 함께 이야기하는 그의 지혜에 놀라워하지만, 기성 종교나 철학과는 결이 다른 그의 사상에 조금은 조심스러운 입장이다.

4

따스한 날

어느 따스한 날 청년 기자가 갑자기 찾아왔다.

어찌 크 선생만의 조용한 공간을 알아냈을까? 오랫동안 그의 하루하루를 멀리서 관찰하며, 알아낸 장소에 당차게 쳐들어온 모양이다.

청년 기자가 작심한 듯 물었다.

"크 선생님~. 안녕하십니까! 일전에 공원에서 저와 잠시 대화했던 적이 있습니다. 정식으로 인사드립니다. 저는 모 문학웹진 강 기자입니다." 청년의 목소리에는 잔뜩 힘이 들어가 있었다.

"아~. 네, 그래요, 반가워요." 크 선생은 약간 당황했지만 미소를 잃지 않고 간단히 인사했다.

청년이 이어서 말을 이어갔다. "하지만, 이것은 기자로서가 아닌 개인으로서 질문입니다. 그때 바쁘시다며 선생님께서 자리를 서둘러 떠나서서 못다 한 질문들이 있습니다. 그러면 오랫동안 명상과 기도와 수행 후 깨달음을 얻었던 성인들에 대해서는 어떻게 생각하십니까?"

크 선생은 깊은숨을 내뱉고 입술에 힘을 주어 초롱초롱한 눈빛으로 말하기 시작했다.

"그것은 일반적인 사람들이 생각하거나 수행자 자신이 생각하기에 충분히 오해할 수 있는 과정과 결과입니다. 보여지거나 느껴지기에, 또한 이렇게 고생하며 노력했기에 깊은 깨달음을 얻었다고 인과관계를 착각하는 것입니다. 사실은 우연의 일치로 사람은 수행하는 행위를 하는 동안 이미 무의식 속에 존재하고 있던 깊은 깨달음을 의식적으로 알아채는 것입니다. 수많은 사람들이 수행자로서, 기도하는 사람으로서 성실히 노력하지만 소수를 제외한 대부분의 사람들이 깊은 깨달음의 단계에는 도달할 수 없는 것이 그 증거입니다. 만약 수행이나 명상 등을 통해 일정 이상의 노력을 실행해서 어떤 높은 경지에 도달할 수 있다고 한다면, 인류 역사상 소수의 사람들이 아닌, 수많은 사람들이 깊은 깨달음의 단계에 도달했을 것입니다. 깨달음은 원효대

사가 동굴에서 해골바가지로 더러운 물을 마시고 잠을 자고 일어나 크게 깨우치는 것처럼 유레카를 외치는 우연의 순간이 찾아옵니다. 마치 머릿속에 번갯불이 치듯이, 깨우치는 사람에게는 찰나의 상황이 일어나는 것입니다. 꼭 수행 혹은 명상이나 기도를 하면서 이러한 일들이 일어나는 것은 아닙니다. 잠을 자며 무의식의 세계에 깊이 빠져들었을 때 인위적인 수행의 방법으로는 도달할 수 없는 매우 깊은 경지로 접어드는 것입니다. 우리는 잠을 통해 오히려 매우 자연스럽게 깊은 경지의 자기 성찰을 할 수 있는 것입니다. 더러는 무의식의 세계에서 일어났던 깨달음을 의식의 세계로 이어서 가져오지 못하다가 어떤 상황에서 갑자기 의식의 세계로 떠오르기도 합니다. 수행이나 명상, 기도 등의 상황 속에서 그러한 일들이 자주 발생합니다. 우리는 그래서 착각을 합니다. 오랜 의식적인 수행의 결과로 큰 지혜를 만들어 냈다고 말이죠. 우리는 큰 지혜를 의식적인 노력으로 만들 수 없는 것입니다."

크 선생은 마치 화염을 토하며 강연하듯이 말한 후 입을 굳게 다물었다.

청년은 준비한 질문이 더 있었지만, 분위기상 일단 후퇴하기로 생각했다. 청년은 깊은 지혜에 대한 크 선생의 설명에 뭔가 알쏭달쏭 심장을 간지럽히는 느낌을 받았다. 약간의 소름과 함께 평범해 보이던 크 선생의 얼굴에서 왠지 모를 광채가 나는 듯했다.

"선생님, 안녕히 계십시오. 다음에 또 뵙겠습니다."

청년은 다음을 기약하며 정중히 인사하고 그곳을 떠난다.

5

고향에서

이스라엘에서는 예수가 무시당하고 비난과 핍박을 받고 십자가에서 고통을 받았다. 아직도 예수는 이스라엘에서 사람들에게 제대로 인정받지 못하는 존재이다.

이제는 인도에서도 불교와 석가모니가 예수의 신세가 되었다. 고향에서는 모든 이가 무시당하기 십상이다. 어떤 성인이라도 거의 예외는 없다.

하물며 크 선생은 더욱 그렇다. 크 선생은 요즘 군대에 징병되어 전쟁터에서 사선을 넘나드는 현실 같은 꿈을 자주 꾼다. 만기제대 직후 몇 년간은 군대 재입대 꿈을 자주 꿨다.

그는 신이 버린 땅이라는 별명을 가진 GOP 부대에서 군생활을 했다. 페바, GOP, 페바, OP, 페바를 소속 부대 전체가 몇 개월 단위로 옮겨 다니며 수많은 상황 속에서 훈련을 받았다. 지뢰 때문에 희생된 장병들, 총기 사고들, 땅속에서 발굴되는 정체불명의 뼈들, 불발탄들, 수많은 훈련과 긴박한 상황들, 완전 무장 밤샘 근무, 극심한 추위 등 최전방 부대 특유의 다양한 상황들은 평생 잊지 못할 추억을 그에게 선사했다.

특히, 그는 컨디션이 안 좋은 날은 두통과 함께 어깨 통증이 더 심해지면서 매우 사실 같은 꿈을 자주 꾼다. 잠을 자다 어떤 때에는 가슴이 너무 답답하여 숨이 잘 쉬어지지 않는다. 가슴 통증과 함께 알 수 없는 눈물이 그의 베개커버를 자주 적셨다. 선천적으로 몸이 약한 탓인 듯하다.

그는 가정에서도 집안일을 잘 돕지 않는다. 아니, 잘 돕지 못한다. 몸이 쉽게 피로해지기 때문이다. 그는 일이 없는 날에는 그냥 멍한 상태로 앉아 있거나, 누워 있는 경우가 많다.

그의 자녀들도 그런 그의 모습에 익숙하다. 그는 가족과의 대화도 거의 없다. 특히, 가족들은 그의 집필 활동과 강연 활동을 이해하지 못한다. 가족들은 그에게 그냥 평범하게 살아가자고 가끔 잔소리를 한다. 그는 고향에서도, 가족에게도 제대로 인정받지 못하는 사람인 것이다.

반면, 크 선생은 가족이 아닌 사람들에게는 평판이 나쁘지 않다. 적당히 거리를 지키면서 예의를 갖추고, 사적으로 만나는 일이 거의 없기 때문이다.

그의 소극적인 사회 활동과 낯을 가리는 성격 탓에 가깝게 지내는 사람들이 거의 없으니, 사람들과의 분쟁도 갈등도 없다. 책 집필과 강연 외에는 사회 활동과 인간관계가 매우 단조롭고 심플한 삶을 추구하기 때문이다. 언젠가는 가족들에게도 인정받을 날이 올 것이라고 그는 믿고 있다.

그는 특별히 진리에 대한 깨달음을 위해 노력한 적이 없다. 다만, 20대의 젊은 시절 삶이 힘들어 자살을 시도했으나, 죽지 않고 살아난 적은 있다. 후유증으로 그는 수년간 낮 시간대가 되면 머릿속에서 번쩍이는 번개가 쳤으며, 기억력과 집중력도 상당히 감소했다. 또한, 온몸의 고질적인 통증과 함께 신체가 쉽게 피곤해져서 잠을 오랫동안 자야 하는 습관을 갖고 있다.

깨달음에 도움이 될 만한 유효한 노력이나 행동이 거의 없었다고 볼 수 있다. 알려진 수행도, 사회 활동이나 명성도 없는 그는 매우 평범한 사람이다.

심지어 인문철학과 IT 및 의학, 우주과학 등 첨단기술의 만남을 이야기하는 그를 사람들이 '크레이지 가이드(Crazy Guide)'라

부르고 있지 않는가? 사람들은 그를 '크 선생님'이나, '크 선생'이라 반 장난식으로 부른다.

크 선생은 그러한 분위기가 익숙하고, 오히려 편하다. 요즘 들어 그를 특별한 존재인 듯 대하는 사람들이 종종 있어서 오히려 그들이 불편해졌다.

크 선생은 속으로 이야기한다. "최초로 어떤 깊은 지혜가 떠올랐다고 해서 그 사람이 특별한 존재는 아니다. 최초 발견자일 뿐이다. 특별한 존재로 추앙받고자 하거나, 추앙받는다면 그는 반드시 조롱과 고통과 죽임을 당할 것이다. 나는 평범한 삶을 살고 싶다. 다만 최초로 발견한 이러한 지혜를 나누고 싶다."

잔잔한 연주 음악을 들으며 잠시 창밖 하늘을 바라본다. 그는 알 수 없는 억눌림으로 조용히 읊조린다.

"저 태양은 될 수 없어도, 세상에 반딧불은 되어보자! 마음껏 조롱하고 비난하고 비웃어라! 반딧불이 태양처럼 밝아질 때가 오리라! 나의 지혜가 필요한 사람들에게 밝은 지혜를 들려주는 호롱불이 되리라! 아니, 호롱불이 아닌 레이저 광선이 되리라! 파괴하고, 치료하고, 새롭게 하리라! 모두 허상을 보고, 허상만을 추구하는 세상에서 실상을 들려주고 실상을 맛보게 하리라!"

시끄러운 새소리에 그의 읊조림은 침묵한다.

6

특별한 강연

날이 뜨거워진 어느 날, 처음 들어보는 단체에서 크 선생에게 강연을 부탁했다. 초청 주제는 '인디펜던트 휴먼은 이렇게 말했다, 작가와의 만남'이었다. 초청 주제는 일상적이었다. 하지만 그날의 강연은 잊을 수 없는 경험을 선사했다.

크 선생이 강단에 들어서자 300여 명쯤 되어 보이는 인원이 너무 뜨겁게 맞이하며 호응하는 것이다. 그의 작은 제스처에도, 일상의 얘기나 재미없는 유머에도 그들은 과하게 반응했다. 그의 강연 90분 동안 졸거나 강연장 밖으로 나가는 인원이 아무도 없었다. 그처럼 뜨거운 관객은 처음이었다. 강연이 끝나고 간단히 단체 사진을 찍었다.

이제 크 선생은 자리를 피해 조용한 곳으로 숨어 혼자만의 시간을 갖고자 한다. 그때 단체의 회장이라는 사람과 단체 총무라는 사람이 그에게 인사했다. 어디서 많이 본 듯한 얼굴이다. 회장은 지난번 공원에서 어설픈 사투리의 그 중년 신사였고, 총무는 간혹 이상한 질문을 하던 바로 그 여자다.

회장은 중저음의 목소리로 자신을 정식 소개했다.

"슨상님~. 지는 크사모 모임에 최 회장인디, 지난번 한번 봤지라잉?"

눈가에는 행복한 미소가 한가득이었다.

그 여자도 인사했다. "여러 번 보셨죠? 유 총무입니다." 당돌하고 당찬 그녀의 목소리는 그를 움찔하게 만들었다.

강연 행사를 전문적으로 진행하는 대행사 직원들과만 간단히 소통하고, 보통 행사가 끝나면 간단히 단체 간부들과 인사하는 것은 관례다. 물론 원래는 행사 전에 간단히 인사하며 함께 차도 한잔하면서 담소를 나누는 경우도 있으나, 크 선생은 사람들과의 친밀한 소통을 부담스러워하는 편이라 여러 핑곗거리를 만들어 그런 상황을 피한다.

그도 인사한다. "아~. 최 회장님, 유 총무님 반갑습니다. 이렇게 강사로 초빙해주셔서 감사드립니다. 그런데… 크사모는 무는 뜻인가요?"

왠지 느낌이 이상야릇했다. 하지만 물어봐야 할 것 같았다.

"하하하~." 최 회장은 큰 소리로 호탕하게 웃었다. 그리고 말을 이어갔다.

"크 슨상님을 사모하는 모임이지라~!" 최 회장의 말이 크 선생의 뇌와 가슴에 바늘처럼 뜨겁고 차갑게 밀고 들어왔다. 크 선생은 얼굴이 빨갛게 달아오르면서 뭐라 대답해야 할지 몰라 몹시 당황해한다.

이때 청년 강 기자가 어디선가 달려와서 힘차게 말한다. "크 선생님, 최 회장님 식당으로 옮겨서 이야기 나누시죠~!"

7
조용한 식당

한적해 보이는 시외의 어느 조용한 식당이다.

그 식당은 무척 조용하다. 고개를 들어 둘러보니 크 선생과 최 회장, 유 총무 그리고 강 기자 4명뿐 다른 테이블에는 손님이 없다.

'맛집이라고 들었는데 왜 이리 한가하지?'

의문이 드는 순간 최 회장이 말문을 연다.

"크 슨상님, 오늘 저희가 특별히 식당을 통째로 빌려부렀소~. 곰방 우리 회원들도 도착할 것인디~ 허허." 넉살 좋게 웃는다. 얼마 있지 않아 시끌벅적 회원들이 우르르 몰려와 테이블을 채웠다.

메뉴는 오뉴월 여름에 딱 맞는 닭백숙이다. 최 회장이 음료수를 채우고 건배사를 외친다. "크사모와 크 슨상의 발전을 위하여~!" "위하여~!" 모든 테이블에서 일제히 소리친다.

"크 슨상님, 부담 갖지 마시고 찬찬히 드시쇼. 저희는 아조 조용히 크 슨상님을 응원하는 모입인께요~."

벌컥벌컥 음료수를 들이킨 후, 최 회장이 다소곳하게 이야기한다.

이때 유 총무가 버럭 소리를 지른다. "흥~ 저는 조용히 응원하기 싫은데요!"

강 기자도 호응한다. "저도 힘차게 응원하렵니다!"

조용한 식당은 어느덧 시끄러운 장터로 변했다. 크 선생은 속으로 생각한다. '일단 이 시간을 즐기자! 피할 수 없으면 즐기라 하지 않았나?'

유 총무가 목소리를 가다듬더니 뭔가 뜸을 들인다.

"크 선생님~ 특별 강연 한 번으로는 많이 아쉽네요. 책 관련 강연을 저희 모임에서 정기적으로 해주실 수 있나요?"

그가 답했다. "저야 정기적으로 초빙해주신다고 하면 고맙죠!"

강 기자가 끼어들며 의견과 함께 말을 이어갔다.

"그럼 매주 토요일 오전 10시, 일단 10회 정도 진행해보시면

어떨까요? 사실 저도 이 모임에서 행사부장 직책을 맡고 있습니다. 하하하~." 강 기자는 뒷머리를 긁적거리며, 짧고 명쾌한 소리로 웃는다.

최 회장도 거들었다. "일단 열 번은 쪼까 적어부러요~. 크 슨상님이 원하시는 일정에 우리가 맞출랑께요~."

크 선생이 곧바로 대답한다.

"네, 배려해주셔서 감사합니다. 제가 맞춰야죠~."

유 총무가 약간 주저하며 말한다. "강연비는 얼마를 드려야 하나요?"

크 선생이 대답한다. "모임에서 정하신 금액만큼만 받겠습니다. 제가 말하는 것은 좀 부담스럽네요."

유 총무가 받아치듯이 얘기한다.

"그럼 방금 하신 말씀 무르기 없기예요. 저의 모임에서 회의해서 결정하면 강연비는 그대로 따르시는 거예요."

"네, 알겠습니다." 그가 짧게 대답했다.

크 선생은 이 모임이 앞으로 어떻게 될지, 이 사람들이 어떤 사람들인지 궁금했지만, 어떤 목적이든 그들을 지혜의 길로 이끌겠다고 다짐한다.

소소한 얘기들만 몇 마디 나누고, 그렇게 식사 모임은 마무리되었다. 이제야 크 선생은 조용한 곳으로 숨어 혼자만의 시간을 갖는다.

8

창조하는 자

- 강연 1

벌써 한 주가 지나가고 토요일이 되었다. 강연은 '인디펜던트 휴먼은 창조하는 자이다'로 진행되었다.

"안녕하세요, 반갑습니다! 저는 별명으로 '크레이지 가이드'라 불리는 일명 '크 선생'입니다."

크 선생의 간단한 인사와 함께 곧바로 그의 발언이 시작되었다.

"제가 책에서 말한 인디펜던트 휴먼의 특징은 첫째, '창조하는 자이다'입니다. 새로운 것들을 만드는 사람이라는 의미입니다. 새로운 것들에는 다양한 사상과 이론, 기술, 물체와 생명체, 각종 콘텐츠 등이 포함될 수 있습니다. 기존의 지식을 뛰어넘어서 기존의 모든 것을 다 무너뜨리고, 새롭게 원점에서 다시 시작할 수 있는 사람입니다. 순수한 어린아이처럼 모든 것들을 원점에서 생각할 수 있는 백지 상태에서 창조는 시작되는 겁니다. 모방은 모방일 뿐, 완전히 새로운 창조는 불가능합니다. 모방에서 벗어나기 위해서는 먼저 기존의 틀을 깨뜨리고 다시 시작하는 노력을 해야 합니다. 기존과는 다른 방식으로 새롭게 시작하는 것이 중요합니다. 모방 없는 완전무결한 창조의 수준까지 그 수준을 끌어올려야 합니다. 인류가 이렇게 창조의 수준까지 문명의 수준을 끌어올려야 하는 이유는 머지않아 인류 사회에 큰 변화가 발생할 것이기 때문입니다. 인류 사회가 수준을 끌어올리지 못한다면, 이러한 큰 변화 앞에서 인류 문명은 엄청난 혼돈과 쇠망의 길을 걷게 될 것이기 때문입니다. 10년 후 즈음에는 특이점이 찾아옵니다. 우리는 곧 다가올 미래 세상을 철저히 준비해야 합니다. …(중략)… 이번 강연 관련해서 질문 있으시면, 손을 들고 발언권을 얻어서 이야기해주세요!" 크 선생이 말했다.

뒷줄에서 대학생쯤 되어 보이는 여학생이 손을 들었다.

"그쪽에 있는 학생~. 말씀하셔도 됩니다."

여학생이 자리에서 일어나서 조용히 이야기했다.

"생… 안… 교… 부…." 무슨 말인지 너무 소리가 작았다.

"뒤에 무선 마이크 좀 가져다주세요!" 크 선생이 말했다.

행사를 진행하는 스탭이 급하게 뛰어가 마이크를 여학생에게 건네준다.

"아~ 아~ 샘님~ 안녕하셨는교? 지는 부산에서 온 대학생입니더. 오늘 강연 잘 들었서예. 샘님이 말씀하신 '특이점'이라는 것이 뭐라예?"

크 선생이 대답한다.

"특이점이라는 것은 말 그대로 특이한 지점이라는 뜻으로, 우리가 이해하거나 받아들이기 어려운 어떤 특별한 일이 발생하는 상황이나 시점을 말합니다. 예를 들면 과학이나 의학의 비약적인 발전으로 인간의 수명이 수백 년에서 천 년을 살 수 있게 되는 시점이나, 인공지능이 인간의 지능을 초월하여 인간보다 더 인간 같은 감정까지 탑재하는 순간, 또는 외계인이 공개적이고 공식적으로 지구에 나타나는 순간, 지구가 아닌 다른 행성으로 지구인들이 이주하여 살 수 있는 시점, 4차원 공간을 발견하는 시점, 시간 여행이 가능한 시점 등을 특이점이라고 저는 생각하고 있습니다. 이 정도 답변이면 충분할까요?"

"예~ 샘님~ 좋아예!" 그녀가 특유의 사투리 억양으로 짧게 대답했다.

"추가 질문 없으시면, 이것으로 오늘 강연을 마치도록 하겠습니다." 크 선생이 마지막 멘트를 남겼다.

'인디펜던트 휴먼은 이렇게 말했다' 1차 강연이 마무리되었다. 강연이 끝나고 최 회장이 한마디 한다.

"슨상님, 어린아 같이롬 순수한 것은 좋은디, 너무 깨깟한 물에는 고기도 없소."

크 선생이 웃으며 대답했다. "하하하, 회장님~. 바다는 깨끗해야 좋은 고기가 많습니다!"

최 회장의 능구렁이 같은 언변에 크 선생도 지고 싶지 않아 말대꾸를 한 것이다.

강연이 끝나고 크 선생은 조용한 곳으로 숨어 혼자만의 시간을 갖는다.

9

비판하는 자

- 강연 2

"창조하는 자가 되려면, 먼저 비판하는 자가 되어야 합니다. 비판하는 자는 모든 것을 새롭게 바라보고, 재해석하는 사람입니다. 기존의 비판 없이 수용했던 수많은 지식과 정보에 대해서 다시 한번 생각해보고 의심해볼 필요가 있습니다. 우리가 알고 있는 지식은 구전으로 내려오는 정보나 역사적으로 기록된 내용들, 그리고 과학적으로 인정되는 지식들, 종교적으로 믿어지고 있는 진리 등입니다. 하지만 구전이나 문화재, 기록물로 내려오지 못한 정보나 역사적으로 왜곡된 내용들, 과학적으로 입증되지 못한 지식들, 또 다른 진리 등이 존재할 수 있습니다. 우리는 인류 문명이 어떻게 시작되었는지 사실은 아직 정확히 모릅니다. 사람이라는 종이 어떻게 시작되었는지, 어떠한 계기로 고대 문명이 시작되었는지 정확히 아는 사람은 없습니다. 지구가 어떻게 탄생했는지, 태양계가 어떻게 탄생했고 우리 은하와 대우주가 어떻게 탄생했는지, 대우주의 끝은 어떻게 생겼으며 대우주의 밖은 어떤 방식으로 존재하는지 알 수도 없고, 어떤 사람이 정확한 내용으로 주장하더라도 증명할 수도 없습니다. 다만 주류 과학계에서 인정되는 가설이나 이론들이 마치 진리인 것처럼 여겨지고 있는 것입니다. 역사 또한 기록된 내용을 바탕으로 현재의 기준으로 해석하고 있으며, 왜곡된 기록이나 기록되지 않은 내용에 대해서는 진실을 찾아내기 어렵습니다. 기록된 문명이 아닌 고대 사회에 대해서는 더더욱 그렇습니다. 다만, 고대 사회를 연구하는 전문가들이 추론하고 있을 뿐입니다. 이러한 추론은 새로운 근거가 발견되기 전까지 정설로 인정되는 것입니다. 기록되지 못한 문명이나 기록할 수 없었던 비문명 시대에 대해서는 우리는 추론하기가 더욱 어렵습니다. 그 문명의 탄생과 멸망의 원인 등을 우리는 알 수 없는 것입니다. 그럼에도 우리는 마치 모든 것을 알 수 있고, 모든 정답이 있는 것처럼 기존 정설에 대하여 비판하지 못하고 살아가고 있습니다. 그러므로 이제 우리는 모든 것을 새롭게 바라보고, 재해석해야 합니다. 그렇게 해야 하는 시대에 우리는 살고 있습니다. …(중략)… 이번 강연 관련해서 질문 있으시면, 손을 들고 발언권을 얻어서 이야기해주세요!" 크 선생이 말했다.

저쪽에서 짧은 머리 스타일을 한 단단한 체형의 한 사람이 손을 들었다. 행사를 진행하는 스탭이 급히 뛰어가 마이크를 그에게 건네준다.

"안녕하세요. 저는 군인 김 상사입니다." 그의 목소리는 굵고 짧았다.

"선생님께서 모든 것을 비판적으로 해석하라고 하셨는데, 저희 같은 군인에게는 크게 해당사항이 없군요. 군인들은 어떤 것을 비판적으로 해석해야 할까요?"

크 선생이 대답했다.

"훈련 중이나 실전에서 작전을 세울 때 창의적인 발상으로 모든 것을 비판적으로 계획을 세우고 움직여야 합니다. 마치 이순신 장군의 학익진 전술이나 6 · 25때의 인천상륙작전처럼 말이죠. 또한, 지뢰 매설 위험이나 적의 매복, 부비트랩 함정 등 군인 개인의 입장에서도 주어진 임무를 더 잘 수행하기 위해서 주어진 상황들에 대한 비판적인 체크가 필요합니다. 이 정도 답변이면 될까요?”

“네, 답변 감사합니다.” 김 상사가 짧고 굵게 대답했다.

김 상사의 당혹스런 질문에도 자연스럽게 나오는 크 선생의 대답에 청중들은 살짝 놀라움을 자아내며 웅성댔다.

“추가 질문 없으시면, 이것으로 오늘 강연을 마치도록 하겠습니다.” 크 선생이 마지막 멘트를 남겼다.

‘인디펜던트 휴먼은 이렇게 말했다’ 2차 강연이 마무리되었다. 크 선생은 오늘도 조용한 곳으로 숨어들어 혼자만의 시간을 갖는다.

크 선생은 강연 중 질문했던 김 상사를 떠올리며 잠시 군대 생각에 잠겼다. 신이 버린 땅, 전생에 일곱 가지 죄를 저지르고 거기에 한 번 더 악질적인 죄를 저지르면 가는 부대에서의 군대생활과 훈련은 그의 무릎에 통증을 남겼다.

크 선생은 비가 오려고 하면 일기 예보 이상의 정확도로 맞춘다.

“어이쿠, 무릎이 쑤시는 걸 보니 내일 비가 오려나 보다. 오늘은 어깨까지 통증이 심하네…. 휴우~. 나이는 진짜 못 속인다, 진짜로. 아하아~.”

크 선생은 통증이 심한지 앓는 소리가 절로 나온다.

"몸도 찌뿌둥한데 파스나 붙이고 일찍 자야겠다."

얼마 되지 않아 시원한 바람이 창문으로 들어왔다. 하늘이 천둥 번개와 함께 비를 내릴 준비를 마친다.

그러고 나서 그의 예상대로 새벽에 비가 시원하게 쏟아지기 시작했다.

10

스스로 서 있는 자

-강연 3

"비록 많은 것들에 자주 넘어지고 쓰러져도 다시 일어나는 자가 되어야 합니다. 신은 인간이 완전히 독립하기를 원합니다. 신에게 의지하지 않고 당당히 스스로 서 있길 원합니다. 하지만 인간들은 스스로 서 있기를 거부합니다. 언제쯤 완전히 독립적인 인간이 될 수 있을까요? 언제쯤 모든 것을 기존의 지식으로만 이해하려 하지 않고, 그냥 있는 그대로 받아들이며, 책임을 회피하지 않고 선악을 판단하지 않는 성숙한 존재가 될 수 있을까요? 결국, 신은 인간이 신으로부터 떠나 이 땅에서 온전히 독립하기를 원합니다. 그래서 완전한 성인이 되기를 원합니다. 신은 완전한 성인이 된 인간과의 온전한 관계 형성을 원합니다. 저는 이렇게 온전하고 완전하며 독립된 성인을 '인디펜던트 휴먼'이라고 합니다. 사람은 누군가에 의해서 구원을 받아야 하는 것입니까? 구원자가 필요한가요? 사람은 스스로 자신을 구원할 수 없을까요? 사람은 스스로 자신을 구원해야 합니다. 스스로 일어나야 하며, 독립된 완전한 성인으로 자라나야 합니다. 신과 온전히 소통할 수 있는 수준까지 성장해야 합니다. …(중략)… 이번 강연 관련해서 질문 있으시면, 손을 들고 발언권을 얻어서 이야기해주세요!" 크 선생이 말했다.

맨 뒤쪽에서 백발의 노인 한 분이 손을 들었다. 행사를 진행하는 스탭이 급히 뛰어가 마이크를 노인에게 건네준다.

"아~ 음~. 처음 뵙겠습니다. 저는 신학자 백 교수입니다." 그의 목소리는 부드럽지만 카리스마 있었다.

"아내 권유로 함께 참석하게 되었습니다. 오늘 강연에서 선생님은 '신은 인간이 완전히 독립하기를 원합니다'라고 말씀하셨는데… 제 입장에서는 조금 불편한 내용이네요. 하지만 신선한 내용이긴 합니다. 그렇게 주장하시는 근거가 뭔가요?"

크 선생이 대답한다. "근거보다는 일종의 깨달음 이후에 제 생각을 이야기한 것입니다. 신이 정말 인간을 사랑한다면, 마치 부모 입장에서 자녀가 완전한 어른으로 성장하여 독립하기를 원하듯이 인간들이 성숙해져서 스스로 완전히 독립하기를 원할 것이라는 일종의 강한 추측입니다. 하지만, 자식이 성인이 된 이후에도 부모와 자식 사이에는 지속적인 유대 관계가 형성되는 것처럼, 신과 인간들과의 관계도 그렇게 지속적이고 건전한 관계가 형성되어야 한다는 의미로 말씀드린 것입니다. 이번 질문은 이 정도 답변으로 갈음하고자 합니다."

백 교수가 고개를 끄덕이며 대답한다. "아내가 왜 저를 이 강연에 초청했는지 조금은 이해가 되네요. 선생님, 좋은 고견 잘 들었습니다." 백 교수는 가슴속에 뜨거운 뭔가를 느끼며 자리에 조용히 앉았다.

크 선생과 백 교수의 짧고 강렬한 대화에 청중들은 순간 긴장하면서도 재밌는 구경꾼이 된 듯한 분위기가 연출되었다.

"추가 질문 없으시면, 이것으로 오늘 강연을 마치도록 하겠습니다." 크 선생이 마지막 멘트를 남겼다.

'인디펜던트 휴먼은 이렇게 말했다' 3차 강연이 마무리되었다. 강연의 회차가 거듭됨에 따라, 강연을 참석하는 청중들의 숫자가 점차 늘어가고 있었다. 강연 행사와 홍보를 담당하고 있는 청년 강 기자의 숨은 노력이 있었다. 강 기자는 강연 관련 보도자료를 뿌리고, SNS와 유튜브 등 각종 미디어를 통해서 스마트하게 강연 홍보를 진행하고 있다. 크사모 회원이 아니어도 강연에 자유롭게 참석할 수 있도록 모임에서 결의한 부분도 한몫을 하고 있는 것이다.

이러한 결의에는 최 회장과 유 총무의 강력한 지원이 있었다. 강연비는 매회 자유롭게 모금하여, 강연실 대관료와 홍보비, 간식비, 각종 잡비, 크사모 운영비, 그리고 사회복지단체에 일정액을 기부한 후 남은 돈을 크 선생에게 모두 지급하기로 결정하였다.

크 선생에게 지급되는 강연비는 사실상 얼마 되지 않았다. 물론, 크 선생도 이러한 내용에 동의하였다.

11

과거와 미래를 재해석하고 현재를 자각하는 자

- 강연 4

"인류는 신의 존재를 부정하지 않으며, 역사와 UFO나 외계의 생명체도 부정하지 않으면서 모든 것들을 재해석해야 합니다. 10년 후 즈음에는 특이점이 찾아옵니다. 특이점이 찾아왔을 때 아바타나 꼭두각시, 로봇이나 노예가 아니라 완전하게 스스로 서 있는 자가 되기 위해서는 과거와 미래를 재해석하고 현재를 새롭게 자각하는 자가 되어야 하는 것입니다. 그러기 위해서는 먼저 신 앞에 독립된 성인으로 우뚝 서야 함을 자각해야 합니다. 하지만, 신과의 관계가 끊어져서는 안 됩니다. 오히려 관계는 진정한 친구의 관계로까지 발전해야 합니다. 기존의 창조자와 창조물의 입장에서, 부모와 자녀의 관계를 뛰어넘어 좋은 친구의 관계로까지 발전하기를 신은 기다리고 있을 가능성도 있습니다. 이러한 가능성을 배제하고 닫아 버려서는 안 됩니다. 인류는 신과 마음을 나누고, 우정을 나누고, 진정한 사랑을 나누는 관계로까지 발전해야 합니다. 그러므로 신(하나님)으로부터 완전히 독립되어 스스로 서 있어야 함을 자각해야 합니다. 부모나 보호자로부터 완전히 독립되어 스스로 서 있어야 함을 자각해야 합니다. 어떠한 단체나 기관에도 예속되지 않게 스스로 서 있어야 함을 자각해야 합니다. 어떠한 사상이나 철학에도 함몰되지 않게 스스로 서 있어야 함을 자각해야 합니다. 어떠한 외부 환경 조건에도 영향을 받지 않게 스스로 서 있어야 함을 자각해야 합니다. 이제 인류가 스스로 서 있어야 할 시기가 왔음을 자각해야 합니다. 인류가 이대로 머물러 있다면, 가까운 미래에 인류는 멸종할 수 있음을 자각해야 합니다. 이러한 내용을 자각한 사람을 진정한 '인디펜던트 휴먼'이라 부르고 싶습니다. …(중략)… 이번 강연 관련해서 질문 있으시면, 손을 들고 발언권을 얻어서 이야기해주세요!" 크 선생이 말했다.

왼쪽 앞줄에서 중년의 여성 한 분이 손을 들었다. 행사를 진행하는 스탭이 뛰어가 마이크를 그녀에게 건네준다.

"선생님, 안녕하세요? 저는 학생들에게 역사를 가르치는 교사입니다. 이름은 밝히지 않겠습니다." 목소리는 신중하고, 눈빛은 힘이 있었다.

"크 선생님께서는 민족주의에 대해서 어떻게 생각하십니까?"

크 선생이 곧바로 대답했다. "아~ 네, 선생님 반갑습니다! 저는 현대 사회에서 단일민족에 의한 민족주의는 현실에 맞지 않는다고 생각합니다. 국가들이 보통 다민족을 형성하고 세계는 점차 글로벌화되고 있는 시점에서 자신이 속한 나라를 사랑하는 애국심을 중심으로 새로운 민족주의가 형성될 수 있지만 그것 또한 전 세계 지구인들에 대한 인류애를 기반으로 하지 않은, 특정 나라만을 위한 민족주의는 위험할 수 있다고 생각됩니다. 또한 민족주의와 연관하여 인종차별 문제도 하루 빨리 사라져야 할 인류 사회의 어두운 면입니다. 그럼에도 불구하고 자신의 나라에 대한 애국심은 해당 국민의 의무이자 권리라고 생각합니다. 국사 선생님 앞에서 답변을 하려니 어렵네요. 하하하~."

"네, 답변 감사합니다." 짧게 대답한 후 역사 선생님은 자리에 앉았다.

"추가 질문 없으시면, 이것으로 오늘 강연을 마치도록 하겠습니다." 크 선생이 마지막 멘트를 남겼다.

'인디펜던트 휴먼은 이렇게 말했다' 4차 강연이 마무리되었다. 매주 연속되는 강연에 크 선생은 조금씩 에너지가 소모되었다. 몸이 약한 크 선생은 피로감을 느끼면서 오늘도 강연이 끝나자 혼자만의 시간을 갖는다.

12

자신의 영혼과 육체를 사랑하는 자

- 강연 5

"우리는 영혼만을 위한 삶도 육체만을 위한 삶도 아닌, 균형 있는 삶을 추구해야 합니다. 내 안에 사는 반려동물에게 자유를 허락하시기 바랍니다. 통제하고, 복종시키려고 할 때 괴물이 되어 튀어나올 수 있습니다. 어쩌면 이 지구는 연옥일 수 있습니다. 지옥에 갈 수밖에 없는 사람들에게 한 번 더 기회를 주는 곳일 수 있다는 뜻입니다. 하지만 이곳이 연옥임을 대부분 알아차리지 못합니다. 연옥이라고 느끼는 이곳은 천국을 위한 부활의 땅일까요? 사후세계는 아무도 알 수 없습니다. 모두 추측이고, 허상일 뿐입니다. 빛이 지옥의 아이콘이고, 어둠이 천국의 아이콘이라는 것이 진실일 수도 있습니다. 빛도 어둠도 다만 일종의 데이터일 뿐, 그 이상도 이하도 아닙니다. 빛이 더 위대하고, 어둠은 나쁜 것이라고 단정지을 수 없습니다. 빛은 빛 나름의 역할이 있고, 어둠은 어둠 나름의 역할이 있는 것입니다. 육체는 육체의 역할이 있고, 영혼은 영혼의 역할이 있습니다. 육체가 영혼을 위해서 희생해야 한다든지, 영혼이 육체를 위해 희생해서는 안 됩니다. 육체와 영혼은 서로를 위해 연합해야 합니다. 육체가 더 하등한 것도 아니고 영혼이 더 고귀한 것도 아닙니다. 육체가 갈망하는 것들은 저급한 것이고 영혼이 갈망하는 것들은 고차원적인 것도 아닙니다. 지금 이 세상은 저급한 것이고 사후세계는 고차원적인 것이 아닙니다. 우리가 규정하는 죄는 우리가 만든 기준에 의한 것일 뿐입니다. 토끼가 토끼풀이나 당근을 먹는 것이 죄입니까? 호랑이가 먹잇감을 사냥하여 먹는 것이 죄입니까? 사람만이 살아가기 위해 행동하는 행위에 대해 죄라고 규정하고 있습니다. 왜일까요? 그것은 다만 정글의 왕국이 아닌, 약자를 보호하기 위한 최소한의 울타리인 것입니다. 그 울타리마저 어느 부분은 뚫려 있고, 어느 부분은 깨져 있고, 어느 부분은 낮고 어느 부분은 높습니다. 그 울타리는 시대와 상황, 나라, 민족, 종교에 따라 항상 크기와 모양이 달라졌습니다. 울타리는 절대적인 것이 아니고, 다만 인류가 아닌 다른 동물들과 구별하기 위해 사람 스스로 정한 기준일 뿐입니다. 이러한 울타리가 육체와 영혼을 위한 균형 있는 삶을 추구하는 데 방해가 된다면 우리는 얼마든지 수정해야 합니다. 고대 사회에서부터 내려온 그 울타리를 현대 사회와 미래 사회에 그대로 적용해서는 안 됩니다. 이러한 울타리가 현대 사회와 미래 사회에서 정말로 도움이 되는 울타리인지 점검하고 인류 전체의 이익을 위해 다시 세울 필요가 있습니다. 기존의 울타리는 낡고, 문제가 많습니다. 이러한 울타리를 새롭게 세우고자 생각하는 사람이 자신의 영혼과 육체를 진정으로 사랑하는 사람입니다."

크 선생은 항상 질문을 받는 것이 아니었다. 때론 질의 시간 없이 강연을 마무리하는 경우도 있었다. 개인적으로 일정이 있는 경우나, 특별히 질문을 받고 싶지 않은 경우에는 서둘러 강연을 마무리하는 편이었다.

'인디펜던트 휴먼은 이렇게 말했다' 5차 강연이 마무리되었다. 특히 오늘은 크 선생에게 고질적인 어깨 통증과 함께 두통이 강연 내내 지속되었다.

인상을 찌푸리지 않으려고 애를 썼지만, 몸과 목소리에 잔뜩 힘이 들어간 채 강연을 진행한 것이다. 그의 체력은 급히 소진되었다. 그는 에너지를 회복하기 위해 강연이 끝나자마자 조용한 곳으로 숨어 혼자만의 시간을 갖는다.

13

매 순간 새롭게 변화하는 자

- 강연 6

"우리는 매 순간 성숙해지려고 노력해야 합니다. 성숙이라는 것은 변화입니다. 애벌레가 번데기가 되고, 번데기가 나비가 되는 것처럼 우리는 변화해야 합니다. 그럼, 어디까지 변화해야 할까요? '인디펜던트 휴먼'은 최첨단 과학 기술과 의학 기술을 신체에 모두 받아들여야 합니다. 뇌에 칩을 꽂고, 수중호흡뿐만 아니라 다양한 기체에 대해서 폐호흡이나 피부호흡을 할 수 있게 변화되어야 합니다. 뇌파를 이용해 다른 언어권의 사람들과 대화를 하고, 다른 동물들과 소통을 할 수 있어야 합니다. 그래야 다른 생명체, 즉 외계인들과도 소통할 수 있습니다. 또한, 우리의 신체는 최첨단 IT 장비들과도 네트워크로 연결되어야 합니다. 하지만, '인디펜던트 휴먼'이 '인디펜던트 휴먼X(eXtension)'로 변화되는 것은 강제사항이 아니라 개인의 자유의지에 의한 선택으로 보장되어야 합니다. 지구 환경의 급변과 에너지 및 자원의 고갈에 대응하여 우주 시대를 대비해야 한다는 뜻입니다. 가까운 미래에 인류의 수명은 수백 년에서 천 년까지 증가하게 되고, 지구의 인구는 폭발적으로 늘어나게 될 것입니다. 인구 증가의 대폭발로 인해 지구 환경은 더 황폐해지고, 에너지와 자원의 고갈 문제는 더 심각해질 것입니다. 나라와 민족 간 분쟁과 전쟁은 더 자주, 더 크게 발생할 것입니다. 우리는 이러한 문제를 대비하고 해결하기 위해 '인디펜던트 휴먼X(Independent Human eXtension)'로 변화해야 합니다. 애벌레가 번데기가 되고, 번데기가 나비가 되는 것처럼 업그레이드된 '인디펜던트 휴먼'이 되어야 합니다. …(중략)… 이번 강연 관련해서 질문 있으시면, 손을 들고 발언권을 얻어서 이야기해주세요!" 크 선생이 말했다.

맨 앞줄 정중앙에서 캐주얼 복장의 한 분이 손을 들었다. 행사를 진행하는 스탭이 뛰어가 마이크를 그에게 건네준다.

"선생님, 안녕하세요? 저는 로봇공학자 정 소장입니다." 목소리는 듣기 좋은 맑은 소리였다.

"선생님께서는 '인디펜던트 휴먼X'라는 새로운 인류에 대해서 말씀하셨는데, '인디펜던트 휴먼X'는 인간에 가깝습니까? 로봇에 가깝습니까?"

크 선생이 뜸을 들이다 대답했다. "아~ 네, 정 소장님 반갑습니다! 저는 인간에 가깝냐 로봇에 가깝냐보다는 본질이 무엇이냐가 더 중요하다고 생각합니다. '인디펜던트 휴먼X'의 핵심 특성이 사람의 본성과 성격을 유지하고 있다면 어떠한 형태로 신체가 구성되어 있다고 하더라도 인간이라고 봐야 하고, 사람의 본성과 성격을 잃어버렸다면 신체의 구성과 관계없이 이미 사람이 아닌 로봇이나 기계에 불과하다고 생각합니다. 신체의 몇 퍼센트가 로봇이나 기계로 구성되어 있는가는 중요하지 않다고 생각합니다. 아마 소장님도 '인디펜던트 휴먼X'가 어떤 본질에 가깝냐는 취지로 질문하신 것 같은데 제가 답변을 잘 드렸는지 모르겠네요. 하하하."

"네, 좋은 답변 감사합니다." 짧게 대답한 후 정 소장은 풀썩 자리에 앉는다. 사실 정 소장은 크 선생의 답변에 많이 놀라기도 하고, 크게 한 수 배웠다고 생각했다.

"추가 질문 없으시면, 이것으로 오늘 강연을 마치도록 하겠습니다." 크 선생이 마지막 멘트를 남겼다.

'인디펜던트 휴먼은 이렇게 말했다' 6차 강연이 마무리되었다. 청중들의 짧은 박수와 함께 그는 무대에서 사라졌다.

14

지혜를 사람들에게 전파하는 자

- 강연 7

“인디펜던트 휴먼은 깨달음을 알리는 자입니다. 그래서 먼저 깨달은 제가 조금 알고 있는 내용을 이렇게 여러분에게 강연을 통해서 알립니다. 10년 후 즈음에는 특이점이 찾아옵니다. 사실 몇 년 후인지 저도 잘 모르겠지만, 특이점은 올 것입니다. 특이점이 오면, 앞으로의 세상에서는 로봇이 일하고, 사람은 진정한 인간다움을 추구하는 세상이 될 것입니다. 즉, 진정한 행복을 추구하는 세상으로 인간 세상은 변화될 것입니다. 이 강연과 모임을 주축으로 환경 급변의 대응과 우주 시대를 열어가는 중요한 역할을 해야 합니다. 이 모임의 강연은 미래를 대비하기 위한 중요한 지혜를 전달하는 매개체가 될 것입니다. 종말 없는 안전하고 완전한 미래 시대를 열기 위해 우리는 몇 가지를 대비해야 합니다. 첫째, 세계의 핵 문제를 해결해야 합니다. 그러기 위해서는 먼저, 전 세계의 핵무기에서 핵반응이 일어나지 못하게 무력화시키는 신무기를 개발해야 합니다. 또한, 전쟁 시 사람들을 서로 잠들게 하는 새로운 개념의 무기가 필요합니다. 더 이상 전쟁이라는 이유로 서로를 죽여서는 안 됩니다. 둘째, 국가와 민족들 사이에 커다란 장벽인 소통의 문제, 즉 언어의 문제를 해결해야 합니다. 그러기 위해서는 뇌파를 이용한 대화 기술을 개발해야 합니다. 번역이나 통역도 필요 없이 뇌파로 대화하게 된다면 국가와 민족들 사이에 소통의 문제로 인한 오해와 불신의 상황들은 사라지게 될 것입니다. 셋째, 암기식 단순 교육에 대한 시간 낭비를 개선해야 합니다. 그러기 위해서는 뇌파를 이용한 순간 뇌 학습 및 기억 기술이 필요합니다. 인간은 이제 모든 분야에 걸쳐 좀 더 심층적인 연구와 교육이 필요하며, 창의적인 활동에 집중해야 합니다. 넷째, 미래 사회에서 인간은 고유한 신체적 능력을 추월해야 합니다. 그러기 위해서는 폐호흡을 하지 않아도 되는 기술, 사람의 DNA 업그레이드를 통한 첨단 의료 기술, 생명을 연장시키는 기술, 인공지능 및 IOT(사물인터넷) 등과 뇌를 연결하는 기술 등이 필요합니다. 다섯째, 부족한 에너지와 자원 확보 및 외계인들과의 안전한 교류를 위해서 고차원의 우주 여행 기술이 필요합니다. 그러기 위해서는 먼저 광속에 가까운 이동 기술과 우주 에너지 무제한 활용 기술 등이 필요합니다. 여섯째, 죽음을 뛰어넘는 기술이 필요합니다. 죽음은 인간을 두려움 속에 가둬버리는 한계 지점입니다. 이러한 두려움이 사라졌을 때 인간들은 이전의 문명을 초월하는 초고도 문명을 이룩할 수 있습니다. 그러기 위해서는 먼저, 죽지 않고 죽음을 경험하는 기술이 필요합니다. 필요하다면 거의 영원히 살 수 있는 기술과 두려움 및 고통 없이 죽을 수 있는 기술이 필요합니다. 일곱째, 메타버스 등 기존의 IT기술을 뛰어넘는 완전히 새로운 개념의 공간을 만들어 내야 합니다. 저는 실세계와 가상세계를 완전히 융합한 이 새로운 개념의 공간을 '알파 차원 세계'라고 명명하겠습니다. '알파 차원 세계'를 통하여 사람과 인공지능을 완전히 연계하고 융합하여 우리가 상상할 수 있는 그 너머의 세상을 이룩해야 합니다. …(중략)… 이번 강연 관련해서 질문이 있으시면, 손을 들고 발언권을 얻어서 이야기해주세요!" 크 선생이 말했다.

아무도 손을 들지 않았다. 행사를 진행하는 스탭이 두리번거려보지만 뛰어가 마이크를 건네줄 사람이 안 보인다.

사실 강연 회차가 거듭되면서 너무나 혁신적이고 놀라운 이야기로 인해 사람들은 질문은 둘째치고 그 내용을 수용하기도 어려운 상황이었다.

"질문 없으시면, 이것으로 오늘 강연을 마치도록 하겠습니다." 크 선생이 마지막 멘트를 남겼다.

'인디펜던트 휴먼은 이렇게 말했다' 7차 강연이 마무리되자, 청중들은 알쏭달쏭하다는 표정을 지으며 조용한 박수를 보냈다. 크 선생은 오늘도 조용한 곳으로 숨어들어 혼자만의 시간을 갖는다.

15

부정하지 않는 자

- 강연 8

"'인디펜던트 휴먼'은 모든 것들을 부정하지 않습니다. 신이나 신이라 불릴 만한 외계인이 지구라는 실험실에서 우리를 실험하고 있는지도 모릅니다. 코딩된 일정 조건이 되면, 두뇌와 신체에서 분비되는 각종 호르몬을 통해서 그러한 실험이 진행되고 있다고 가정할 수 있습니다. 또한 각종 바이러스와 모기 등을 통해 그들의 실험에 필요한 여러 가지 변수들을 인간의 신체에 주입하면서 통제하고 있는지도 모릅니다. 그렇다면 우리가 생각하고 행동하는 모든 데이터는 신 또는 외계인에게 전송되고, 그들의 어떤 목적으로 사용된다고 가정할 수 있습니다. 예를 들면 공포, 즐거움, 분노, 행복, 전쟁, 자살, 사랑, 헌신 등 인간들의 여러 감정 등을 테스트하며 그들 문명에 어떤 발전을 도모하기 위해서 말입니다. 그러한 것들이 사회, 정치, 과학, 문화, 종교 등에 어떠한 영향을 미치는지 체크하기 위함입니다. 그들은 실험의 조건을 만들기 위해서 고대 문명과 역사를 세팅했고 종교를 세팅했다는 가정입니다. 그리고 그들은 인류를 수천 년 동안 지켜보고 있는 중입니다. 이러한 설정으로 지구 역사나 인류 문명을 새롭게 재해석한다고 해서 그러한 가정은 틀렸다는 것을 그 누구도 증명할 수 없습니다. 현재 인류의 수준으로는 증명 불가하기 때문입니다. 마치 우물 안의 개구리처럼 말입니다. 우물 안의 개구리가 우주에 대해 논한다면, 얼마나 우습겠습니까? 우리는 우리 스스로 완전히 증명하지 못하는 것들에 대해서는 일단은 그럴 수도 있겠다 하면서 가능성을 열어두고 배제하지 않아야 합니다. 어떤 이론이나 종교도 완전히 부정해서는 안 됩니다. 여러 갈래의 통로가 존재할 수 있으니까요. 그래서 우리 인류는 우주로 나가려고, 태양계 밖으로 나가려고 애를 쓰고 있습니다. 마치 우물 안 개구리가 우물 밖으로 나가려고 발버둥 치는 것처럼 말입니다. '인디펜던트 휴먼'은 신의 존재를 부정하지 않으며, 인류의 역사와 UFO나 외계의 생명체도 부정하지 않습니다. 그는 대자연의 법칙을 부정하지 않으며, 설명할 수 없는 수많은 현상을 부정하지 않습니다. 그는 모든 것을 부정하지 않습니다. 그는 지혜를 다루는 기술자입니다. 그는 영혼과 육체, 현재의 삶도 지혜라는 울타리 안의 도구일 수 있다고 때론 생각합니다. 하지만, 목적이 아닌 도구라 할지라도 아끼고 사랑하며 잘 사용해야 한다고 그의 마음 한편에는 새겨져 있습니다. 그는 만드는 물건도 중요하지만, 도구도 매우 중요하게 생각합니다. 그는 도구, 즉 지혜를 자신의 몸과 영혼처럼 아끼고 사랑합니다. 여러분도 '인디펜던트 휴먼'이 될 수 있습니다. …(중략)… 이번 강연 관련해서 질문이 있으시면, 손을 들고 발언권을 얻어서 이야기해주세요!" 크 선생이 말했다.

오른쪽 맨 끝에서 흰 가운을 입은 한 분이 손을 들었다. 행사를 진행하는 스탭이 뛰어가 마이크를 그에게 건네준다.

"선생님, 안녕하세요? 저는 의학박사 민 닥터에요." 목소리는 얇고 높은 톤에, 눈빛은 반짝이고 있었다.

"선생님은 신이나 신이라 불릴 만한 외계인이 지구라는 실험실에서 우리를 실험하고 있는지도 모른다고 말했는데 그렇게 생각하는 근거는 무엇인가요?" 약간 빠른 속도로 그가 질문했다.

크 선생이 뜸을 들이다 대답했다. "아~ 네, 민 선생님 반갑습니다! 일종의 뇌피셜입니다. 하나의 가설이기도 하구요. 모든 가정에 대해서 우리의 발상이 열려 있어야 한다고 저는 생각합니다. 심지어 증명할 만한 여건이 되지 않을 때는 더욱 이러한 상상력이 필요하다고 봅니다. 짧지만 어느 정도 답변이 되었나요?"

"네, 명료한 답변 감사합니다." 간단히 대답한 후 민 닥터는 자리에 앉는다.

"추가 질문 없으시면, 이것으로 오늘 강연을 마치도록 하겠습니다." 크 선생이 마지막 멘트를 남겼다.

'인디펜던트 휴먼은 이렇게 말했다' 8차 강연이 마무리되었다. 강연 후, 크 선생은 조용한 곳으로 숨어 혼자만의 시간을 갖는다.

그는 오랜만에 군대에서 겪었던 UFO가 머릿속에 떠올랐다. 사실 크 선생이 군생활 근무 중 목격한 UFO에 대한 충격은 컸다. 최전방 야간 근무 중 사수인 고참병과 부사수인 크 선생이 폐바 부대 근무 중에 목격한 UFO에 대한 경험은 그의 뇌리에 깊이 박혔다.

"장 상병님! 저기 왼쪽 아래 방향 하늘 봐보시지 말입니다! 불빛이 이상하게 움직입니다. 철책선 투광등도, 별도, 비행기도, 인공위성도 아닌 것 같지 말입니다~."

장 상병과 친했던 크 선생, 당시 일병은 이상하게 요동치는 불빛을 보며 다급하게 다시 말했다.

"장 상병님! 10시 방향입니다."

장 상병도 발견한다.

"어~ 어디… 와… 정말이네~."

한참 하늘을 바라보던 장 상병이 말한다.

"거 참 특이하네…. 일단 상황실에 보고하러 가자!"

부대 건물 주변 순찰 근무조였기에 특이사항 발생 시 무전 없이 상황실에 직접 구두 보고를 해야 했다. 사수와 부사수, 그리고 부대 상황병 이렇게 3명이 UFO를 관측하고 최상위 부대에까지 몇 분 내에 보고 완료한 초유의 사건이었다. 그다음 근무자에게까지 UFO 관측 상황을 인수인계했으니, 분명 특수한 현상이었다.

민간인 통제구역 내의 최전방 부대 특성상 우리 군뿐만 아니라 UN군이나 미군이라 할지라도 야간의 비행 훈련은 반드시 선보고가 되어야 하며, 특이한 경우가 아닌 한 사실은 주간에도 비행 허가가 나오기 매우 어려운 구역이다.

최상위 부대의 지시사항은 계속 UFO 불빛의 움직임을 지켜보고, 부대 상황병과 일직 사령에게 보고하라는 내용이었으며 크 선생은 고참인 사수와 함께 상황병에게 추가 관찰 내용을 보고하고 다음 근무자에게 내용을 인수인계하였다.

UFO 목격담은 한동안 크 선생 부대 내에서 화젯거리가 되었다. 군생활에서의 이러한 경험은 크 선생의 철학에 깊은 영향을 끼쳤다.

크 선생은 그때 조금 깨달았을지도 모른다.

'인류는 우물 안에서 좁은 하늘만 쳐다보는 개구리 신세가 아닌가?'라며 언뜻 의문이 생겨나기 시작한 계기가 되었던 것이다. 그의 책들과 강연들에는 UFO 경험의 영향이 일부 작용하였다.

16

유한하며, 또한 무한하다

- 강연 9

"인류는 유한하기 때문에 무한할 수 있습니다. 유한한 것들은 반복되거나 반복합니다. 또는 끝나는 것처럼 보입니다. 낮과 밤이 반복됩니다. 봄, 여름, 가을, 겨울이 반복됩니다. 탄생과 죽음이 반복됩니다. 반복하는 것들은 유한한 것처럼 보이지만 무한한 삶을 살아내고 있습니다. 유한한 것은 시작과 끝이 있습니다. 무한한 것에도 사실은 시작과 끝이 있습니다. 무한한 것이라 하더라도 그것의 시작점이 존재하지 않을 수 없습니다. 시작이 있기에 존재하기 때문입니다. 또한, 무한한 것이라 할지라도 그것은 결국 끝이 있기 마련입니다. 우리의 기준으로 무한한 것으로 여겨질지라도 그 무한한 것보다 더 오랫동안 무한한 것이 있다면 원래의 무한함은 유한함으로 여겨질 수 있습니다. 하루살이 입장에서 '코끼리가 더 무한한 존재인가? 거북이가 더 무한한 존재인가?'라는 의문과 조금은 비슷한 경우입니다. 시작이 있는 모든 것은 존재하고 있습니다. 존재하는 모든 것은 시작이 있습니다. 시작이 있는 모든 것은 끝이 있습니다. 유한이나 무한이나 다만 상대적인 상황의 차이일 뿐, 결국 하루살이도 끝을 맞이하고 코끼리도 거북이도 죽음을 맞이합니다. 거북이의 삶이 더 위대한지 코끼리의 삶이 더 위대한지 하루살이의 삶이 더 위대한지는 알 수 없습니다. 다만, 무한한 삶이라는 것은 존재하기 어려우며, 우리가 존재한다고 인지하는 모든 것들은 결국 유한한 삶을 살고 있는 존재라는 것입니다. 결국은 유한하다고 믿는 것들 또한 상대적인 존재로부터 무한하다고 여겨질 수 있으며, 삶과 죽음이 다양한 형태로 반복된다는 견해에서는 이 또한 무한하다고 여겨질 수 있습니다. 인류는 유한한 삶을 살며, 무한함을 지각해야 하는 것입니다. …(중략)… 이번 강연 관련해서 질문 있으시면, 손을 들고 발언권을 얻어서 이야기해주세요!" 크 선생이 말했다.

오른쪽 끝에서 민머리 스타일의 스님 한 분이 손을 들었다. 행사를 진행하는 스탭이 뛰어가 마이크를 스님에게 건네준다.

"선생님, 안녕하세요? 저는 산에서 내려온 수도승입니다. 법명은 밝히지 않겠습니다." 스님의 목소리는 느리고, 저음에 탁했으나, 눈빛은 빛나고 있었다.

"선생님께서는 유가 먼저라고 보십니까? 무가 먼저라고 보십니까?"

크 선생이 뜸을 들이다 대답했다. "아~ 네, 스님 반갑습니다! 질문이 어렵고 심오하네요. 저는 유와 무의 순서의 구분은 의미가 없으며, 굳이 구분해야 한다면 유와 무가 동시에 시작되었다고 생각합니다. 유가 시작되려면 무가 존재한다는 배경이 있어야 하고, 무가 시작되려 하더라도 유가 전제되어 대응하는 상태이기에 동시에 시작되었다고 봅니다. 예를 들면, 사람이 출생하면 그 육체에 정신 또는 영혼이 깃드는 것처럼 유와 무는 서로 뭐가 먼저 시작되었다고 생각하기보다는 동시에 시작되었다고 저는 정리하고 있습니다."

"네, 답변 감사합니다." 짧게 대답한 후 "나무관세음보살"을 조용히 읊조리며 수도승은 자리에 앉는다.

"추가 질문 없으시면, 이것으로 오늘 강연을 마치도록 하겠습니다." 크 선생이 마지막 멘트를 남겼다.

'인디펜던트 휴먼은 이렇게 말했다' 9차 강연이 마무리되었다. 크 선생은 조용한 곳으로 숨어 혼자만의 시간을 가지며 조용히 읊조린다.

"유와 무가 동시에 시작될 수 있을까? '유와 무' 중에 어떤 것이 더 먼저 시작될 수 있을까? '무'라는 것은 아무것도 없다는 뜻인가? 어떤 대상이 아직 존재하기 이전이라는 뜻인가? 존재를 아직 인식하기 이전이라는 뜻인가? '무'라는 대상 자체가 '무'라는 개념으로 존재한다는 뜻인가? '무'에 상대되는 개념이 '유'일 것인데… '무'에 대해서 잘 알지 못하니 '유'에 대해서도 알 수 없단 말인가? '유'라는 개념을 '있음', '존재'라는 말로 제한할 수 있을까? '유'도 '무'를 배경으로 '유'하고 있다면, 사실상 '무'한 것이 아닌가? 과연 인류와 우주는 실존하고 있는 것인가? 그럼에도 나는 지금 존재한다고 느끼고 있지 않은가?"

그는 바람에 흔들리는 나뭇잎들을 멍하니 한참을 바라본다.

17

완전히 모르면서, 모든 것을 알 수 있다

- 강연 10

"인간은 아무것도 모른 채 낯선 세상에 던져졌습니다. 인간의 삶은 원래 고독한 것입니다. 인간은 고독하게 태어났으며, 고독하게 살아가다 고독하게 죽음을 맞이합니다. 얼핏 보면 함께 존재하는 것 같지만 사실은 개인이 오롯이 견뎌내야 하는 것들입니다. 기쁨도 슬픔도 스스로 만들어낸 감정인 것입니다. 우리는 스스로 만들어낸 감정들을 잘 통제해야 합니다. 과하게 슬프지 않고 과하게 기쁘지 않도록, 과하게 고독해하지 않도록 감정을 잘 통제해야 합니다. 인간의 삶은 단독으로 살아가는 호랑이와 같은 것입니다. 인간의 뇌는 여러 가지 정보를 만들어 내고, 감정을 만들어 내고, 호르몬 분비를 시키면서 정신, 감정, 신체 등을 조절하고 있는 것입니다. 이러한 뇌를 잘 통제할 수 있으려면 의식 세계와 무의식 세계에서 스스로 뇌를 완전히 통제할 수 있어야 하지만 아직 인간은 뇌를 마치 팔다리처럼 통제하는 수준에 이르지 못하였습니다. 왜 인간은 뇌를 완전히 통제하지 못한 채 뇌의 지배 속에 살아가고 있는 것일까요? 인간은 뇌에 코딩되어 있는 명령체계 안에서 벗어나지 못하는 삶을 살아가고 있는 것입니다. 더욱이 어떤 사람의 뇌를 다른 사람들이 통제하는 것은 더욱 어렵습니다. 다만 코딩되어 있는 한계점을 벗어나게 만들어낸다면 코딩 실행에 오류가 발생하여 엉뚱한 결과를 불러일으키게 됩니다. 인간이 능력을 뛰어넘는 방법은 뇌에 코딩되어 있는 내용을 업데이트하거나, 스스로 코딩 명령을 이겨내는 삶을 살아야 합니다. 그러한 삶이 완전히 자유로운 삶이며, 진짜 창의적인 삶입니다. 그러한 삶이 완전히 모르면서도, 모든 것을 알 수 있는 삶입니다. 뇌를 통제하는 방법으로 하고 싶은 일을 참아내거나, 하기 싫은 일을 의도적으로 하는 것이 제일 간단하면서도 쉬운 방법입니다. 예를 들면 이런 것들이 있습니다. 먹고 싶은 음식을 참아내는 것, 더 자고 싶은데 일어나는 것, 공부하기 싫은데 공부하는 것, 운동하기 싫은데 운동하는 것, 화가 나는데 참는 것, 너무 기쁜데 참는 것, 너무 슬픈데 참는 것, 감사하기 싫은데 감사하는 것, 용서하기 싫은데 용서하는 것, 사랑하기 싫은데 사랑하는 것, 아무것도 하기 싫은데 뭔가를 계획하고 움직이는 것 등입니다. 이렇게 자신의 뇌를 통제할 수 있는 사람이 진정한 '인디펜던트 휴먼'입니다. 스스로의 감정을 잘 관찰하여 뇌에서 떠오르는 감정의 명령들을 통제해야 합니다. 이렇게 뇌의 명령과 감정들을 완전히 통제할 수 있을 때 오롯이 진정한 자신의 삶을 살아갈 수 있는 것입니다. 지금까지 대부분의 인생을 뇌에 코딩된 명령과 뇌가 만들어낸 감정에 휘둘려 인생을 살아왔다면, 이제는 변화되어야 합니다. 뇌는 다양한 자극에 매우 잘 반응하도록 만들어져 있습니다. 특히, 이러한 자극들이 주어졌을 때 잘 통제할 수 있는 수준까지 자신을 완성해나가야 합니다. 심지어 가까운 미래 사회에서 뇌에 전기적인 자극을 주거나, 뇌파를 자극하는 주파수를 전송하여 자극을 주거나, 뇌에 칩을 삽입하여 직접적으로 뇌를 업그레이드시키고 통제하는 방법도 있을 것입니다. 하지만 이러한 첨단 테크놀로지의 도움을 받지 않고 자신의 뇌와 감정을 통제할 수 있다면 이것이 제일 좋은 방법입니다. 또한, 한편으로 인간은 양심이 잘 작동할 수 있게 스스로 성찰하는 삶을 살아가도록 노력해야 합니다. 본인의 의지가 잘못된 방향으로 발현되지 않게 양심이라는 장치가 올바르게 작동하도록 특별히 노력해야 하는 것입니다. 그러기 위해서 먼저, 자기 내면의 소리에 귀를 기울여야 합니다. 외부의 소리에 귀를 기울이고, 그것의 기준으로 맞춰서 살아가려면 우리는 마음과 행동에서 반항심이 발생합니다. 이러한 반항심이 결국 다양한 사회 문제를 야기하는 것입니다. 사상, 종교, 철학, 규율 등이 외부의 소리로 우리에게 작동합니다. 그래서 내면의 소리인 양심이 잘 작동할 수 있는 사회 문화 환경이 필요합니다. 양심은 도덕과 인성 교육으로 충분한가요? 사실 우리는 어린이집이나 유치원과 초등학교 시절에 배운 도덕과 양심만 잘 지켜도 충분히 훌륭한 삶을 살아갈 수 있습니다. 외부의 목소리는 초등학교 때까지 이미 충분히 들었습니다. 우리는 평생 내면의 소리를 듣고 살아가야 합니다. 그런데 우리는 내면에 어떤 소리를 갖고 있는지 잘 알지 못합니다. 어떠한 상황이 발생했을 때 가장 적절한 소리가 내면에서 발생하게 됩니다. 이렇게 자신의 내면에서 발현되는 양심의 소리는 코딩된 뇌에서 명령을 내리는 것과는 별도의 소리인 것입니다. 그렇기 때문에 그 내면의 소리에 귀를 잘 기울일 수만 있다면 우리는 모든 것을 알 수 있습니다. 모든 것을 알고 모든 것을 제대로 생각하고 말하며 행동할 수 있습니다.

우리가 잃어버린, 내면의 소리를 듣는 방법을 되찾아야 합니다. 어린아이였을 때의 그 순수한 마음이 양심의 소리에 가까운 상태입니다. 순수한 내면의 소리를 나쁜 것이고 잘못된 것이라 단정 짓지 말아야 합니다. 내면의 소리를 듣고 그것을 좋은 방향의 에너지로 이용하는 방법을 깨닫고 서로 가르쳐야 합니다. …(중략)… 이번 강연 관련해서 질문 있으시면, 손을 들고 발언권을 얻어서 이야기해주세요!" 크 선생이 말했다.

한참 기다려도 아무도 손을 들지 않았다. 그때, 맨 앞줄에서 유 총무가 손을 번쩍 들었다. 행사를 진행하는 스탭이 뛰어가 마이크를 유 총무에게 건네준다.

"선생님~, 여러분 안녕하세요? 저는 크 선생님을 사랑하는 모임인 크사모의 유 총무입니다. 평소에 질문하고 싶었는데 못 하고 있다가, 오늘은 아무도 질문이 없어서 지금이 기회인 것 같아서요. 호호호." 목소리는 경쾌하고, 눈빛은 반짝이고 있었다.

"그럼 선생님께서는 양심대로 살고 계신가요? 그리고 양심만 지키면 천국에 갈 수 있나요?"

크 선생이 약간 당황해하며 대답했다.

"아~ 네네, 유 총무님 반갑습니다! 저는 양심대로 살려고 노력하고 있는 편입니다. 어린 시절의 순수함에 비해서 지금은 사회

때가 많이 묻었지만, 그래도 양심대로 순수하게 살려고 노력하고 있다고 생각합니다. 그리고 양심과 천국의 인과성이라…. 하~ 참~ 어려운 질문이네요. 이렇게 이야기를 해보겠습니다. 예를 들어서 기독교에서 메시아로 신뢰하는 예수님이 세상에 나타나기 전의 사람들은 어떤 기준으로 천국에 갈 수 있었을까요? 또는 예수님 십자가 처형과 부활 사건 직후에 아직 예수님에 대한 복음 소식을 전달받지 못한 사람들은 어떤 기준으로 천국에 갈 수 있을까요? 갓 태어나서 얼마 안 된 아기가 안타깝게 죽었다면, 그 아이는 어떤 기준으로 천국에 갈 수 있을까요? 신이 계시다면 분명 공정하고 합당한 기준으로 인간들을 판단하여 천국에 대한 입국 승인 여부를 심사할 것입니다. 그러므로 그 판단의 기준 중에는 그 사람의 양심도 매우 중요한 평가 자료로 활용될 수 있지 않을까 생각하면서 신의 마음에 대해서 조금이나마 헤아려보려고 노력하고 있습니다. 물론, 신이 계시한 메시아를 통해서 천국 입국 승인을 약속했다면, 신은 그 약속 또한 천국 입국의 중요한 판단 근거 자료로 삼을 것입니다. 저의 말을 정리하자면, 천국 입국 심사의 기준은 상황에 따라서 그 사람의 인생과 환경에 대한 종합점수로 판단할 수도 있고, 신의 특별한 약속에 의한 특별점수로 판단할 수도 있지 않을까 생각합니다. 그래서 우리가 할 수 있는 것은 지금 여기에서 사는 동안 본인의 다양한 신념과 양심을 잘 지키고 최대한 마음의 평안을 유지하려고 노력한다면, 그것이야말로 천국 시민이 되기 위한 준비 태도가 아닐까 생각합니다. 하지만, 천국이라는 곳은 우리 스스로 준비한 것이 아니니, 모든 것은 신의 은혜라고 볼 수 있습니다. 굉장히 조심스런 내용이라 답변이 쉽지 않지만, 저의 생각을 진솔하게 답변드렸습니다. 유 총무님 답변이 되었나요?"

"네, 선생님 솔직한 답변 감사합니다." 힘차게 대답한 후 유 총무는 자리에 앉는다.

"추가 질문 없으시면, 이것으로 오늘 강연을 마치도록 하겠습니다." 크 선생이 마지막 멘트를 남겼다.

'인디펜던트 휴먼은 이렇게 말했다' 10차 강연이 모두 마무리 되었다.

평소보다 강연 내용이 어려웠는지 강연 후 크 선생은 완전히 방전되었다. 크사모 최 회장과 회원들이 회식을 하자고 제안했지만 단호하게 거절했다.

크 선생은 오늘도 조용한 곳으로 숨어 혼자만의 시간을 갖는다. 그리고 처음 크사모와 약속한 10회의 강연을 모두 마쳤기 때문에 그는 아무것도 하지 않은 채 더욱 고독한 시간을 보낸다.

18

특이점 발생

"10년 후 즈음에는 특이점이 찾아옵니다." 크 선생은 그의 강연에서 특이점이라는 단어를 자주 사용하였다.

현 인류가 인디펜던트 휴먼이 되어야 인류의 미래가 밝다고 선생은 믿고 있다. 인디펜던트 휴먼을 통해 인문철학과 IT 및 의학, 우주과학 등의 첨단기술의 만남과 필요성을 설파하고 있는 것이다.

크 선생의 강연 이후 몇 년이 지난 어느 날, 외계인들이 인류 앞에 갑자기 등장한다. 한국과 미국, 러시아 등을 중심으로 전 세계 주요국의 공영방송 채널에서 외계인들의 라이브 뉴스 방송이 진행되었다.

외계인들은 뉴스 방송 송출 권한을 기술적으로 차지하고, 라이브로 그들의 메시지를 강제로 송출하였다. 그들은 자신들의 존재를 알리고, 인류의 미래를 걱정하는 간단하고 함축된 메시지만 남긴 채 떠났다.

아니, 실제로 각국의 방송국에 나타난 것은 아니었고, 어디에선가 방송 내용만 라이브로 송출한 채 그들의 흔적은 완전히 사라졌다.

외계인은 5개 언어로 같은 문장을 반복하였다. 그 언어의 순서는 '외계인어, 한국어, 영어, 러시아어, 중국어'였다. 외계인은 한국을 매우 특별하게 생각하고 있는 것 같았다. 왜냐하면 한국어의 발음이 가장 정확했고, 외계인어 다음의 순서로 인류 대표 언어로써 한국어를 사용했으며, 허리를 굽힌 한국식 인사와 함께 천천히 두 번이나 한국어로 발표했기 때문이다. 나머지 언어들은 한 번씩만 말하고 마무리되었다.

그들이 남긴 메시지 중 다음은 한국어 문장들이다.

"안녕하세요! 우리 외계인들은 아주 오랫동안 존재해왔습니다. 우리는 우주와 지구, 그리고 특별히 인류를 지켜봐왔습니다. 이대로 가면, 인류는 멸종될 수 있습니다."

그 이후 그들은 방송에 다시 나타나지 않았다.

하지만, 전 세계는 발칵 뒤집혔다. 한국, 미국, 러시아, 중국, EU 등은 공식적으로 외계인과 UFO를 인정했다. 종교계에서는 혼돈이 왔으며, 사람들은 두려움에 사로잡혔다.

이때쯤 한국인 크 선생에 대해 사람들과 전 세계 언론이 주목하기 시작한다. 그를 괴짜, 사이비, 4차원이라 치부하던 사람들도 그의 강연 내용과 3번째 책 『인디펜던트 휴먼은 이렇게 말했다』에 대해 관심을 갖기 시작했다. 어떤 이들은 소 뒷걸음치다 쥐 잡은 격이라며 무시하였고, 어떤 이들은 그를 대단한 현자로 여겼다.

음모론을 주장하는 일부 사람들은 조작된 영상이라고 주장하는 사람들도 있었지만, 방송 영상 전문가들은 외계인 송출 영상이 실제 영상이라고 공식 발표하였다.

전 세계 유명 방송국들과 주요 신문사들에서 그에게 정식 인터뷰 요청 연락이 왔지만, 그는 정중히 모두 거절하였다. 그는 아직 많은 사람들 앞에 서는 것이나 카메라 앞에 서는 것에 알 수 없는 불편함과 두려움을 느꼈다.

크 선생 또한 이렇게 빨리 특이점이 찾아오리라 예상하지 못했다.

"외계인이 TV에 등장하다니, 엄청난 파장이 일어나겠구나! SF

영화도 아닌, 현실세계에 외계인의 출연이라니…. 내 책과 강연이 세상에 도움이 된다면, 활동을 재개하긴 해야 하는데…."

그의 독백은 조용한 공간에 퍼져나갔다.

19

무에서 유

- 재개된 강연 1

크 선생을 대단한 현자로 여기는 이들과 크사모의 강권에 의해서 강연이 재개되었다. 세 번째 책『인디펜던트 휴먼은 이렇게 말했다』의 주제로 계속 이어서 강연하지만, 그의 말에는 더욱 힘이 있었다.

크 선생의 말은 사람들에게 언중유골처럼 느껴지기 시작했다. 그는 '무에서 유'라는 제목으로 강연을 재개하였다.

"우리는 어떻게 무에서 유가 생겨났는지… 최초의 공간, 최초의 빛, 최초의 물, 최초의 불, 최초의 흙, 최초의 생명 등은 어떻게 생겨났는지… 외계인은 어디에서 어떻게 존재하고 있는지… 그들이 어떻게 우리의 전 세계 방송 시스템을 장악하여 라이브 뉴스로 방송했는지… 우리는 명확히 설명할 수 없습니다. 다만, 여러 가지 가설을 세워서 추측할 뿐입니다. 기존에 믿고 있던 방식 그대로 생각하고 추론할 뿐인 것입니다. 이러한 방식은 새로운 발상을 할 수 없게 하는 족쇄가 됩니다. 완전히 새로운 방식으로 출발점을 생각해야 하고, 추론하는 방법과 과정도 기존의 정형화된 틀을 사용해서는 안 됩니다. 결국 기존의 방식은 다시 우물 안의 개구리 신세로 우리의 시각을 제한해버리기 때문입니다. 우물 안에서 관찰 가능한 좁은 하늘만이 전부가 아닙니다. 우물 안의 개구리는 어떻게 우물 밖에 대해서 알 수 있을까요? 제일 좋은 방법은 직접 나가보는 것이지만, 나가서 봐도 그것을 보고 이해할 만한 지혜가 부족하다면 소용없을 것입니다. 나가지 않고도 알고 이해할 수 있다면 이 방법이 우물 안 개구리에게는 가장 안전하고 세련된 방법일 것입니다. 어느 날 갑자기 깨달음을 얻은 어느 한 개구리의 이야기를 통해 우리는 우물 밖 세상 이야기를 전해들을 수 있으며, 곧 우물에 다가올 미래에 대해서 대비할 수 있습니다. 제가 그 개구리입니다. …(중략)… 이번 강연 관련해서 질문 있으시면, 손을 들고 발언권을 얻어서 이야기해주세요!" 크 선생이 말했다.

정중앙에서 정장 스타일의 중년 남성 한 분이 손을 들었다. 행사를 진행하는 스탭이 뛰어가 마이크를 그에게 건네준다.

"선생님, 안녕하세요? 저는 천 목사예요." 목사님의 음성은 특이한 억양과 중저음에 느리고 갈라지는 소리였다.

"선생님께서는 성경의 내용을 믿으세요?"

크 선생이 뜸을 들이다 대답했다. "아~ 네, 천 목사님 반갑습니다! 저는 성경의 내용을 믿으려고 노력하고 있습니다. 하지만, 어떠한 성경 말씀들은 저의 가슴에 덜컥 걸리는 경우들이 종종 있습니다. 그래서 전체적인 스토리를 통해서 성경을 읽는 사람들에게 무엇을 전달하고자 하는지, 큰 흐름을 파악하려고 노력하고 있습니다."

"네, 한 가지만 더 질문할게요. 예수님에 대해서는 어떻게 생각하세요?" 강렬한 어조와 눈빛으로 바라보며 목사님은 질문하였다.

"예수님은 자신을 '길, 진리, 생명'이라고 말씀하셨습니다. 저는 예수님을 '하나님의 아들'이라고 생각합니다. 저의 종교적 신념을 공개적으로 자세히 말씀드리기는 어려워서 여기까지만 답변드리겠습니다."

"네, 답변 감사해요." 짧게 대답한 후 천 목사님은 자리에 앉는다.

"추가 질문 없으시면, 이것으로 오늘 강연을 마치도록 하겠습니다." 크 선생이 마지막 멘트를 남겼다.

'인디펜던트 휴먼은 이렇게 말했다' 1차 재개 강연이 마무리되었다.

사실 전 세계 뉴스 방송에서의 외계인 공개 발언 사건 이후, 천 목사 교회 교인들의 숫자가 급감했다. 또한 설교와 교회 예배 인도에 상당히 어려움을 겪고 있다가 크 선생의 소문을 듣고 강연에 참석한 것이다.

크 선생에게 질문한 내용은 사실 천 목사 자신에게 묻고 싶은 질문이었다. 이러한 질문이 자신을 괴롭히리라고는 외계인 사건 이전에는 꿈에도 생각하지 못했다.

하나님의 아들들, 네피림 등으로 성경 일부에 표현된 그것을 외계인과 어찌 연결하고자 하나, 지금까지 전달하지 않았던 새로운 메시지를 갑자기 엮어서 설교하려고 하니 마음에 내키지 않았다. 또한 사람 외에 더 뛰어난 고등생명체인 외계인은 왜 만드셨는지, 그리고 외계인까지 지구에 등장하게 허락하신 하나님의 뜻이 무엇인지 천 목사는 도저히 알 수도, 이해할 수도 없었다.

기존 교회 교단들 외에도 신흥 교단들이 급작스럽게 많이 생겨나고, 기존 정통 교회 교단들도 외계인을 포함한 교리로 변경하는 등 혼란의 연속이다.

천 목사는 스스로에게 마음속으로 계속 질문을 이어간다.

'내가 믿고 있는 이 신은 진짜일까? 성경은 진실일까? 나는 사람들에게 진실을 전달하고 있는 것일까? 천국과 지옥은 정말 있을까? 외계인이 내가 믿고 있는 그 신이었다면 어떻게 하지?'

요즘 기도도, 성경 말씀 읽기도, 설교 준비도 제대로 되는 것이 없다.

"오~ 하나님! 왜 저에게 이런 시련을 주시나이까?"

천 목사는 기도실에서 조용히 읊조렸다. 그리고 나서 천 목사는 다짐한다. 외계인의 등장에도 흔들리지 않는 신앙심으로 성도들을 잘 이끌겠노라고….

"주여, 저에게 시련 속에서도 하나님의 말씀을 잘 전할 수 있는 지혜의 은사를 주시옵소서!"

강연이 끝나고 크 선생은 조용한 곳으로 숨어 혼자만의 시간을 갖는다. 강연 중 천 목사의 질문은 크 선생에게 자신의 신앙관을 다시 한번 짚어보는 시간이 되었다.

크 선생은 샤워실로 들어가 샤워를 한다.

"슈우아~" 물이 쏟아지는 샤워기 아래에 몸을 맡긴다. 한참이나 강한 물줄기로 머리에 자극을 주었다. 세면대에도 물을 한가득 받아놓고 얼굴 전체를 담갔다. 한참 동안 숨을 참다가 얼굴을 들어올리며 참았던 숨을 내뱉었다.

"음… 음~. 보글보글… 푸하~ 헷헤 후유~." 몇 번을 반복한다. 그는 물속에서 숨을 참다가 물 밖에서 숨을 쉬면, 살아 있다는 생동감을 느꼈다.

그리곤 세면대의 물을 내린다. 반시계 방향으로 회전하며 내려가는 물을 바라보면서 변기의 물도 추가로 내린다. 그는 간혹 회전하며 하수구에 빨려 내려가는 물의 모습에 집중하다 보면 자신의 존재감을 왠지 더 자각한다고 느꼈다.

그의 하루는 또 이렇게 지나갔다.

20

신의 실수

- 재개된 강연 2

"신도 실수를 합니다. 신은 절대적이고, 완전하다는 전제가 잘못되었습니다. 세상의 부조리가 인간들만의 잘못은 아닙니다. 피조물은 스스로를 비난해서는 안 됩니다. 피조물이 조물주를 비난해서는 더욱 안 됩니다. 신도 실수할 수 있기 때문입니다. 우리는 여기에서부터 시작해야 합니다. 신을 용서할 수 있어야 합니다. 우리 스스로와 서로를 용서할 수 있어야 합니다. 유전자 질환, 각종 질병, 성정체성 혼란, 척박한 지구 환경, 인류의 다양한 신체적 · 정신적 한계 등 우리는 다양한 문제점을 안고 살아가고 있습니다. 이러한 문제점들 때문에 우리 스스로를 자책하고, 누군가를 비난할 필요는 없습니다. 다만, 이러한 환경이지만 현재 살아가고 있음을 감사해야 합니다. 불완전한 인류의 감사하는 능력은 탁월하고 위대합니다. 사후세계의 존재 유무와 관계없이 자신을 성찰하고, 양심에 거슬리지 않게 마음의 평안을 유지하며 살아가는 사람들은 훌륭한 사람입니다. 사후세계가 존재한다면, 그곳의 좋은 것들은 그들을 위해서 준비되어 있다고 생각합니다. 물론 그 양심에는 본인들의 도덕관, 종교관, 세계관, 신념 등이 포함될 수 있습니다. 본인들의 양심이 존중받길 원하는 만큼 다른 사람들의 양심 또한 존중해주어야 합니다. 양심이라는 것은 매우 상대적인 것이기 때문입니다. …(중략)… 이번 강연 관련해서 질문 있으시면, 손을 들고 발언권을 얻어서 이야기해주세요!" 크 선생이 말했다.

맨 앞줄에서 중년의 여성 한 분이 손을 들었다. 행사를 진행하는 스탭이 뛰어가 마이크를 그녀에게 건네준다.

"선생님, 안녕하세요? 저는 크리스천이에요! 이름은 밝히지 않겠어요!" 그녀의 목소리는 흥분되어 있었고, 눈빛은 날카로웠다.

"크 선생님은 강연에서 신도 실수한다고 하셨는데, 이것은 신성모독 아니에요?"

크 선생이 대답했다. "아~ 네, 여사님 반갑습니다! 우리 인간의 기준으로는 신은 절대자인 것처럼 보일 수 있지만, 완전히 절대적인 기준으로는 어쩌면 신도 완전히 절대적인 존재는 아닐 수 있다는 의미로 드린 말씀이었습니다. 또는 신이 절대적이라고 하더라도 피조물인 우주 만물이나, 인간 세상까지도 절대적인 시각으로 바라볼 필요는 없다는 의미이기도 합니다. 더 나아가 신이 절대적이라고 하더라도 피조물로 창조된 많은 것들은 그 절대성을 그대로 물려받지 못하고 상대적일 수 있으며, 신 또한 피조물들에게 그 시대의 눈높이에 맞추어 상대적으로 대응할 수 있다는 의미이기도 합니다. 그럼에도 불구하고, 이 모든 말들은 저의 개인 의견에 불과합니다. 기분이 상하셨다면 사과 말씀 드립니다."

"네, 답변 감사합니다." 짧고 쌀쌀맞게 대답한 후 그녀는 자리에 앉았다.

"추가 질문 없으시면, 이것으로 오늘 강연을 마치도록 하겠습니다." 크 선생이 마지막 멘트를 남겼다.

'인디펜던트 휴먼은 이렇게 말했다' 2차 재개 강연이 마무리되었다.

크 선생은 재개된 강연에서도 여전히 심적인 부담감이 있었다. 이제는 사람들 앞에서 강연하는 것이 편해질 때도 되었는데,

그는 대중 앞에 서는 것이 늘 불편하고 힘들다. 그는 이번에도 강연이 끝나고 조용한 곳으로 숨어 혼자만의 시간을 갖는다.

"유전자 질환, 각종 질병, 성정체성 혼란, 척박한 지구 환경, 인류의 다양한 신체적 · 정신적 한계 등이 모두 우리 스스로 자초한 문제라고 인식하는 것이 맞는 것인가? 인류의 잘못된 판단과 행동 때문인 것인가? 아니면, 본래 세상과 본래 인간이 잘못 창조된 탓인가? 누가 이 문제에 답할 수 있겠는가? 누가 감히 신을 원망할 수 있겠는가? 누가 감히 신의 뜻을 헤아릴 수 있겠는가? 휴우…."

그는 쓰디쓴 커피 한잔을 들이키며, 혼잣말과 함께 멍한 상태로 한참 동안 어항을 바라본다.

21

또 다른 세계

- 재개된 강연 3

"정자 난자가 수정이 돼서, 엄마 뱃속의 생명체가 됩니다. 10개월 후 아늑하고 살기 좋은 엄마로부터 분리되어 세상 밖으로 나와 새로운 세상을 맞이합니다. 우리는 100세 인생을 살며, 또 다른 세계를 향하여 준비하고 나아가고 있는 것은 아닐까요? 지구는 마치 인류에게 어머니의 뱃속과 같은 역할을 하고 있는지 모릅니다. 인류는 지구에서 살아가면서 건강하고 아름다운 생명체로 잘 성숙해야 하는 목적을 갖고 있는지도 모릅니다. 또 다른 세계로 가기 위한 일종의 준비 단계인 것이지요. 독립되고 성숙한 인간으로 잘 성장했을 때, 또 다른 세계로 나아갈 수 있는 길이 열리는 메커니즘을 인류는 아직 깨닫지 못하고 있는 것입니다. 어떤 이들은 또 다른 세계를 사후세계나 천국으로 이해하고 있을지도 모릅니다. 우리는 모든 것들에 대해 열린 생각을 가지고, 입체적이고 동적으로 유연하게 이해해야 합니다. 자신이 따르거나 믿고 있는 것만이 모든 것이라는 닫힌 생각이 아니라, 모든 가능성을 열어놓고 사고하는 열린 생각이 인류에게 필요합니다. 자신이 교육받은 방식으로만 샘플링하여 받아들이거나 이해하여 고정된 사고를 하는 것이 아니라, 있는 그대로 자연 상태의 모습을 전체로 유연하게 이해하려고 노력해야 합니다. 우리가 무언가를 생각하고 판단할 때 그 대상을 자신의 고정관념으로 샘플링하는 순간 인간은 로봇이나 AI와 구분되지 못하고, 기계나 알고리즘과 같은 존재로 전락하는 것입니다. 완전히 자유롭고 완전히 새로운 방식으로 우리의 생각하는 방식이 변화되어야 미래 사회에서 로봇이나 인공지능과 구분되는 인간다움의 장점을 잘 살릴 수 있는 것입니다. 인간은 이제 인간 스스로, 코딩된 고지능 인공지능이 아님을 증명해야 하는 시대에 우리는 살고 있습니다. 이것을 증명하지 못한다면 인류는 4차 산업혁명 이후 인류 존재의 필요성을 증명하지 못하고, 더 고차원의 인공지능 로봇이나 알고리즘에 의해서 지배당하거나 멸종될 가능성이 있습니다. 우리는 이제 정말로 진화해야 합니다. 인류는 또 다른 세계로 나아가야 합니다. …(중략)… 이번 강연 관련해서 질문 있으시면, 손을 들고 발언권을 얻어서 이야기해주세요!" 크 선생이 말했다.

맨 뒤에 서 있던 젊은 청년 한 명이 손을 번쩍 들었다. 행사를 진행하는 스탭이 뛰어가 마이크를 그에게 건네준다.

"안녕하세요. 선생님! 저는 인근 대학교 대학원생 고 연구원입니다." 목소리는 진중하고, 입술에 힘이 잔뜩 들어가 있었다.

"크 선생님께서 말씀하신 또 다른 세계란 정확히 무엇입니까?"

크 선생이 조금 뜸을 들였다가 대답했다. "아~ 네, 고 연구원님 반갑습니다! 제가 말씀드린 또 다른 세계란 아직 도래하지 않은 미래 사회를 말합니다. 그 세계는 어떤 세계가 될지 저도 정확히 예견하기는 쉽지 않지만 예를 들면 이런 세계입니다. 인구의 수명이 수백 년 이상이 되는 세상, 인류의 거주 지역이 매우 다양해지는 세상, 사람들이 더 이상 일하지 않아도 되는 세상, 인간성이 더욱 두드러지는 세상, 더 이상 전쟁 걱정이 없는 세상, 지구 환경이 완전히 회복된 세상, 인간의 자유로움과 행복이 보장된 세상 등이 실현된 세계를 의미합니다. 생각보다 머지않은 시간 안에 이러한 것들이 순식간에 해결될 수도 있습니다. 이러한 것들을 저와 여러분이 함께 목도할 수도 있습니다."

"네, 답변 감사합니다." 짧게 대답한 후 연구원은 자리에 앉았다.

"추가 질문 없으시면, 이것으로 오늘 강연을 마치도록 하겠습니다." 크 선생이 마지막 멘트를 남겼다.

'인디펜던트 휴먼은 이렇게 말했다' 3차 재개 강연이 마무리되었다. 강연이 끝나고 크 선생은 조용한 곳으로 숨어 혼자만의 시간을 갖는다.

"인류가 디스토피아의 세계로 진입하여 파멸할 것인가? 결국, 유토피아를 이룩하고 말 것인가? 인류가 AI나 로봇에게 지배당할 것인가? AI나 로봇과 인류가 잘 공존할 수 있을까? 인류의 수명은 과연 몇 살까지 늘어날 수 있을까?"

그는 조용한 곳에서 혼자 읊조리는 습관이 있다. 그 또한 강연 중에 자신이 말했던 많은 것들에 대해서 확신이 없는 탓이다.

"이러한 불확실성이 인류의 불안 요소이기는 하지만, 기대 요소이기도 하지 않은가?"

그는 소파에 머리를 젖힌 채 한참 동안 멍하니 앉아 있다가 서서히 잠이 든다.

22

서열 싸움

- 재개된 강연 4

“사자는 서열 싸움을 하고, 최종 승리한 사자가 무리를 이끕니다. 이러한 서열 싸움을 우리는 악이라 칭하지 않습니다. 하지만, 인간 사회에서는 강자가 약자를 대상으로 법이나 도덕적 규범에 어긋난 방식으로 지배하려고 한다면, 우리는 그것을 범죄나 악이라 칭합니다. 인류 사회 전체가 번성하고 번영하기 위한 방법으로써 우리는 이러한 규정들을 이용하고 있는 것입니다. 우리는 인류가 충분히 번성하고 번영을 누리는 시대에 살고 있습니다. 하지만, 인간의 욕망은 끝이 없습니다. 더 풍성하게 오랫동안 누리길 원하고 있는 것입니다. 그렇게 하려면 우리는 에너지, 자원, 환경, 노동력, 분배의 문제 등을 다시 한번 고민해야 합니다. 이 시대의 인류가 충분한 의지를 갖고 이러한 것들을 해결하지 못한다면, 우리 인류는 사자가 서열 싸움을 하듯이 큰 전쟁들을 치러야 할 것이기 때문입니다. 이러한 전쟁 양상은 인류를 멸종이라는 길로 인도하는 지름길이 될 것입니다. 확실한 서열 1위가 없다면 싸움은 오랫동안 지속될 수밖에 없습니다. 확실한 서열 1위가 나온다 하더라도 그 서열은 오래 지속되지 못하고, 그 서열 1위의 이익에 의해서 약자들은 그들이 만든 규정에 의해 합법적으로 피해를 당하기 때문입니다. 서열 싸움 뒤에는 거대한 손이 작동하고 있습니다. 커다란 경제적 이익을 만들어 내기 위해 일부 글로벌 금융 기업, 일부 글로벌 군수 기업 등은 거대한 손이 되어 움직이고 있는 것입니다. 그들의 관점으로는 인류 전체의 피해 또는 수많은 일반인들의 피해보다 자신들의 이익이 더 중요하기 때문입니다. 상대적으로 부드럽게 진행되는 서열 싸움도 있으나, 사실 매우 치열한 주도권 싸움에서 시작하여 국익에 관한 문제, 역사나 종교에 관한 문제까지 얽혀서 결국은 전쟁까지 이르기도 합니다. 상시적으로 일어나는 군사 관련 사건들과 준 국지전에 가까운 포격, 국가 간 전면전과 세계대전까지 인간들의 전쟁은 사자 무리 사이의 싸움과는 그 규모나 차원이 다릅니다. 인류는 사자 무리와는 다르기 때문에 싸우지 않고 인류 사회를 발전시키고 번영시키는 방법에 대해서 깊이 생각해야 합니다. 돈이 세상의 모든 것을 대변하는 사회에서 벗어나야 합니다. 오직 돈과 권력에 의한 양육강식의 방법으로만 인류 역사가 흘러간다면 사자 무리의 세계와 인간 세계를 굳이 구별할 필요가 있겠습니까? 법과 도덕이 필요할 이유가 있겠습니까? 오히려 인류는 서로 지구 내에서 서열 싸움을 하는 것이 아니라, 외부의 적으로부터 스스로를 지키기 위한 수단을 강구해야 합니다. 인류가 아닌 그 무언가로부터의 공격이나 침략에 대비할 필요가 있는 것입니다. 인류가 아닌 그 무언가가 인간 사회를 정복하려고 했을 때 인류는 뭉쳐서 최소한의 방어를 할 수 있어야 합니다. 더 나아가 역으로 우주를 정복할 수 있어야 합니다. 이제는 우주 시대가 열렸기 때문입니다. 인류 사회가 더 획기적으로 발전하지 못하고 21세기를 보내버린다면, 법과 도덕마저도 강자가 약자를 쉽게 지배하고 통제하기 위한 수단으로써 완전히 전락해버렸음을 스스로 증명하는 꼴이 되는 것입니다. 또한, 인간도 다른 동물들과 굳이 구별할 필요 없는, 상대적 지능이 높은 어리석은 동물에 불과함을 스스로 증명하는 것입니다. 인간이 특별함을 스스로 증명하지 않는다면 짐승과도 차이가 없으며, AI나 로봇과도 차이가 없는 존재가 되는 것입니다. 인류가 아닌 그 무언가가 지구를 정복하려고 할 때, 그들의 침략과 통치에 대한 정당화 수단으로 이러한 것들이 이용될 수 있기 때문입니다. 이러한 것들은 불완전한 인간이 더 성숙함을 향해 나아가야 하는 중요한 이유 중 하나입니다. …(중략)… 이번 강연 관련해서 질문 있으시면, 손을 들고 발언권을 얻어서 이야기해주세요!" 크 선생이 말했다.

맨 앞줄에서 한 아이가 손을 들었다. 행사를 진행하는 스탭이 뛰어가 마이크를 아이에게 건네준다.

"선생님, 안녕하세요? 저는 10살이에요. 이름은 말하지 않을래요." 목소리는 여리고, 눈빛은 화가 난 모양이다.

"크 선생님은 사람이 동물이나 기계보다도 못하다고 생각하세요?"

크 선생이 곧바로 대답했다. "아~ 네, 학생 반가워요! 인간의 어떤 행동에는 동물과 비슷한 행태가 남아 있고, 또 어떤 행동에는 마치 기계와 같은 행태가 포함되어 있다는 의미입니다. 그러한 행동들이 한쪽으로 치우쳐서 동물이나 기계와 같은 행태만 남고 인간성을 완전히 상실한 시대가 도래한다면, 결국 인간도 멸종된 공룡이나 다른 동물들처럼 그렇게 사라져버릴 수 있다는 뜻입니다. 그래서 저의 말은 우리는 더욱 인간답게 인간성을 유지해야 한다는 주장이었습니다. 어린 학생 앞에서 답변을 하려니 오히려 더 어렵네요. 하하하. 학생! 질문해주셔서 고마워요."

"네, 선생님 고맙습니다." 씩씩하게 대답한 후 어린 학생은 자리에 앉았다.

"추가 질문 없으시면, 이것으로 오늘 강연을 마치도록 하겠습니다." 크 선생이 마지막 멘트를 남겼다.

'인디펜던트 휴먼은 이렇게 말했다' 4차 재개 강연이 마무리되었다. 강연이 끝나고 그는 조용한 곳으로 숨어 혼자만의 시간을 갖는다.

"먼저, 사람들끼리 전쟁이 없는 세상이 이루어져야 한다. 그다음 사람들과 동물들, 로봇들이 함께 어우러져 평화롭게 살 수 있는 세상이 와야 한다. 이러한 세상이 온다면 얼마나 아름다울까? 그러기 위해서 인류는 완전한 평화 시스템을 구축해야 한다. '깨뜨릴 수 없는 평화 시스템'이 가능하겠는가? 음… 어떤 위대한 사람들이 이러한 시스템을 구축하겠는가? 바로 이 시대의 사람들이다…."

그는 조용히 읊조리며, 단잠에 빠져든다.

23

환경 문제

- 재개된 강연 5

"이번에는 환경 문제를 생각해보겠습니다. 우리에게는 먼저, 환경 문제에 대한 기준이 필요합니다. 기존의 환경 문제에 대한 기준은 모두 원점으로 놓고 재설정해야 합니다. 각 시기별로 어떠한 수준으로 지구 환경의 기준을 세울 것인가? 이것이 먼저입니다. 기준이 없는 상태에서 '이것이 옳다, 저것이 옳다'라고 한다면 이것이야말로 우스운 일이 됩니다. 원래의 깨끗한 환경으로 돌아가자고 한다면 그 깨끗한 환경에 대한 기준이 지구 전체 지역 및 연간 환경 기준뿐만 아니라 지역별, 시기별로도 세부적으로 세워져야 한다는 것입니다. 그래서 지역별, 시기별 기준들과 지구 전체 지역의 환경 및 연간 환경이 어떻게 서로 연동되어 반응하는지 메커니즘을 먼저 제대로 파악할 필요가 있습니다. 이렇게 파악한 메커니즘을 바탕으로 계속 세부 계획을 수정해 나가면서 지역별, 시기별로 인류가 대처할 수 있는 방안들을 마련해 나가고 강력히 시행해 나가야 합니다. 그리고 인류 사회가 노력해서 할 수 있는 영역과 할 수 없는 영역, 할 수 있는 영역에서도 크게 유효한 영역과 그렇지 못한 영역, 시급한 영역과 덜 시급한 영역, 선진국이 할 수 있는 영역과 개발도상국이나 후발 개발도상국이 할 수 있는 영역 등으로 구별하여야 합니다. 일률적으로 모든 나라에 똑같이 적용하는 것이야말로 강대국들의 또 다른 횡포로 작용될 수 있는 것입니다. 그 기준을 몇몇의 나라들끼리 정하는 것도 말이 안 되며, 국제적으로 신뢰할 수 있는 독립기관이 필요합니다. 먼저 각종 쓰레기 문제, 특히 핵폐기물 처리의 문제는 매우 중요합니다. 어떻게 하면 안전하게 쓰레기들을 처리하거나 재활용할 수 있을지 경제성의 측면에서 타당성을 검토하는 수준을 뛰어넘어 인류 생존의 문제로 그 타당성을 검토해야 합니다. 또한 오염된 물, 즉 각종 오수나 우수의 처리 문제, 오염된 토양의 처리 및 회복 문제, 오염된 대기의 문제, 사막화 확대의 문제, 우주 쓰레기 문제, 지구 온난화 문제를 포함한 지구의 자정작용 회복 문제 등 현재 인류는 시급히 처리해야 할 환경 문제가 태산처럼 쌓여 있습니다. 이렇게 수많은 환경 문제가 존재하고 있으나, 인류가 지구 환경 시스템을 완전히 제어할 수 있는 기술을 갖게 된다면 원론적으로 이러한 모든 문제는 자연스럽게 해결될 수도 있습니다. 또는 지구 환경 시스템을 완전히 제어할 수 있는 기술 확보가 어렵고, 지구 환경을 복구하는 것이 불가능에 가깝다면 인간의 신체 능력을 증가시키는 방법도 있습니다. 극한의 환경, 즉 매우 뜨거운 환경이나 매우 추운 환경, 그리고 산소가 부족한 환경에서도 인간의 신체가 넉넉히 살 수 있도록 인간의 신체 능력을 향상시키든지 신체 향상을 도울 수 있는 약이나 첨단기술을 사용하는 방법을 활용하는 것입니다. 지구 환경을 회복시키거나 지구 환경을 제어 또는 관리하는 것이 아니라 인간이 변화하는 지구 환경 속에서 살아갈 수 있도록 적응하는 방향으로 발전하는 것도 하나의 방법이라는 것입니다. 하지만 인류가 중간 발전 단계 없이 한 번에 이러한 지구 환경 제어 기술이나 신체 능력 향상 기술을 확보하는 것은 어렵습니다. 지금 인류는 정황상 과도기입니다. 이러한 과도기 기술을 갖고 있는 인류는 인간이 제어 가능한 부분의 환경 문제부터 하나씩 관리할 필요가 있는 것입니다. 환경 문제에서 지구 온난화 문제만 중요한 이슈가 아닙니다. 그럼에도 불구하고 현세대는 다음 세대에 이러한 환경 문제들에 대한 책임을 전가하고 있습니다. 환경 문제는 다음 세대에 대한 책임 전가의 문제를 넘어서 현세대를 포함한 인류 전체의 생존에 대한 중차대한 문제입니다. …(중략)… 이번 강연 관련해서 질문 있으시면, 손을 들고 발언권을 얻어서 이야기해주세요!" 크 선생이 말했다.

왼쪽 끝에서 짧은 머리 스타일의 어린 학생 한 명이 손을 들었다. 행사를 진행하는 스탭이 뛰어가 마이크를 학생에게 건네준다.

"선생님, 안녕하세요? 저는 경기도에서 온 중학생입니다. 이름은 밝히지 않겠습니다." 학생의 목소리는 맑고 경쾌했다.

"선생님께서는 인류가 환경오염 문제를 완전히 극복할 수 있다고 생각하시나요?"

크 선생이 대답했다. "네, 학생 반가워요! 환경오염 문제를 극복한다고 보기보다는 인류가 주어진 환경에 적응하며 산다고 보는 것이 오히려 적합한 것 같습니다. 인간의 노력이나 지금의 능력은 거대한 지구 환경에 비하면 매우 미약하다고 볼 수 있습니다. 그럼에도 인류는 더 이상 환경오염이 심각해지지 않도록 인간이 할 수 있는 영역에서 최대한 노력해야겠지요. 참고로 저는 지구의 이산화탄소라든지 핵폐기물, 각종 쓰레기, 다양한 환경오염 물질 등을 지구 안에서 합리적으로 해결하지 못한다면 우주로 배출하는 방법을 고려하고 연구하는 것도 하나의 방법이라고 생각합니다."

"네, 선생님! 답변 감사합니다." 학생이 대답했다.

"추가 질문 없으시면, 이것으로 오늘 강연을 마치도록 하겠습니다." 크 선생이 마지막 멘트를 남겼다.

'인디펜던트 휴먼은 이렇게 말했다' 5차 재개 강연이 마무리되었다. 강연이 끝나고, 크 선생은 무대에서 조용히 사라졌다.

24

인구 문제

- 재개된 강연 6

"지구의 인구 문제 또한 환경 문제처럼 적정한 기준이 필요합니다. 각 시대에 맞는 적정한 인구가 있는 것입니다. 각 시대별로 활용할 수 있는 자원과 에너지, 그리고 식량과 재화에 대한 생산 가능한 양이 다르기 때문입니다. 이러한 지구 전체에 대한 적정한 인구 정책을 세우지 않고 이렇게 지나간다면, 환경 문제, 에너지 문제, 자원 문제, 식량 문제, 노동 문제 등은 끊임없이 우리 스스로를 괴롭히다가 서로에게 총과 미사일을 겨누는 사이로 전락해버리고 말 것입니다. 각자도생 국가별, 지역별 인구 정책이 아니라 전 세계 인구를 진정한 '글로벌 관점'으로 전담하여 관리하는 힘 있는 세계 기구가 필요합니다. 각 나라별 혹은 각 지역별로만 인구를 관리하다 보면, 지구 전체의 인구에 대해서 관리하는 것을 놓치게 됩니다. 부분별로는 성공적인 인구 정책을 펼쳤다고 생각하나, 지구 전체로 보면 실패한 인구 정책일 수 있다는 것입니다. 인류는 지구라는 한 배에 승선한 공동 운명체입니다. 진정한 글로벌 관점의 계획과 실행이 필요한 시기입니다. 인구를 너무 많이 늘리는 것도, 한없이 줄이는 것도, 무조건 현상태를 유지하는 것도 모두 해법이 아닐 수 있습니다. 어떤 결정이 그 시기와 그 상황과 그 나라와 그 지역에서 적정선인지 인류의 인구 정책만을 신뢰성 있게 연구하고 체계적으로 관리하는 그러한 세계적인 전담 기관이 필요한 것입니다. 인류의 번영을 위해서 반드시 필요한 세계 기구입니다. 누군가는 '지구의 인구가 너무 많다'라고 주장하고, 누군가는 '인구가 아직도 적다'라고 주장한다면 누구의 의견이 현재와 약간의 미래 수준에서 올바른지 우리는 검증해야 합니다. 확실히 검증된 내용에 대해서는 철저히 전 세계가 협력하여 지켜 나아가야 합니다. 전쟁이나 기아, 질병 등으로 사람들이 죽어 가게 내버려두고, 현실을 외면한다고 해서 그 문제가 자동으로 해결되는 것은 아닙니다. 인구 문제는 환경 문제, 식량 문제, 에너지 문제, 경제 문제, 국가 분쟁 등과 매우 밀접하게 연관되어 있기 때문에 어쩌면 적정한 글로벌 인구 정책은 환경, 식량, 에너지, 세계 경제, 국가 분쟁 등의 문제들을 한꺼번에 해결할 수 있는 핵심 열쇠라고 볼 수 있습니다. 우리 세대가 아닌 다음 세대에게 문제들을 계속 떠넘기는 것은 인류가 자멸하는 지름길입니다. …(중략)… 이번 강연 관련해서 질문 있으시면, 손을 들고 발언권을 얻어서 이야기해주세요!" 크 선생이 말했다.

맨 앞줄 우측 끝에서 단발머리 스타일의 여성 한 분이 손을 들었다. 행사를 진행하는 스탭이 뛰어가 마이크를 그녀에게 건네준다.

"선생님, 안녕하세요? 저는 서울에서 온 임산부예요. 이름은 밝히지 않겠어요." 그녀의 목소리는 조용하고 담담했다.

"선생님께서는 오늘 인구 문제에 대해서 강연해주셨는데요. 부부가 몇 명의 자녀를 출산하는 것이 적당하다고 보세요?"

크 선생이 대답했다. "네, 안녕하세요! 만삭인 것 같은데 출산 예정일이 얼마 남지 않았나 봐요?"

"네, 1개월도 채 남지 않았어요." 그녀가 밝게 대답했다.

"네, 먼저 강연에 참석해주셔서 감사합니다. 그럼 질문에 답변하겠습니다. 제 생각에는 현 시대에는 2명 정도가 적당할 것 같습니다. 그 이유는 부부가 결혼하여 자녀를 낳아 양육한다면, 다시 2명의 자녀를 낳아야 최소한 같은 인원수를 이 땅에 유지시키는 것이기 때문입니다. 또 다른 이유로는 자녀들이 자라면서 외롭지 않고 때론 서로 의지하기도 하고 서로 선의의 경쟁도 하면서 몸이나 정신이 건강하게 성장할 가능성이 높지 않나 생각이 됩니다. 3명의 자녀를 출산하여 양육하기에는 요즘 시대가 호락호락하지 않기 때문에 2명이라고 말씀드린 것입니다만, 여건이 허락이 된다면 3명까지는 아주 좋은 가족 구성이 될 수 있다고 저는 개인적으로 생각합니다. 국가에서 특별히 산아 제한을 하지 않는 한, 자녀 출산에 대한 문제는 결국 부부가 대화해서 계획적으로 결정해야 할 문제입니다."

"네, 선생님! 답변 감사해요." 임산부가 대답했다.

"추가 질문 없으시면, 이것으로 오늘 강연을 마치도록 하겠습니다." 크 선생이 마지막 멘트를 남겼다.

'인디펜던트 휴먼은 이렇게 말했다' 6차 재개 강연이 마무리되었다. 그는 강연이 끝나고, 오랜만에 가족들과 즐거운 시간을 갖는다. 가족들과 식사를 함께 하고, 간단히 대화를 나눴다.

가정에서 그의 조용하고 과묵한 성격은 어쩌면 밖에서 에너지를 모두 소모해버린 탓일지도 모른다. 가족들은 그의 외부 강연 활동을 그리 좋아하지 않지만, 크 선생을 남편이자 아버지로서 성실히 살아가는 괜찮은 사람으로 생각하고 있다.

25

우주 문제

- 재개된 강연 7

"우주 문제는 먼저 지구의 거주 지역 문제와 병행하여 처리해야 합니다. 드넓은 사막 지역과 광활한 바다 위와 바닷속, 고산 지대와 지하 지대 등 지구 안에서 아직 인류가 개척하지 못한 수많은 거주 가능 지역들이 존재합니다. 이러한 지역을 먼저 많은 사람들이 거주할 수 있는 공간으로 개척할 필요가 있습니다. 지구의 미개척 지역들을 개척해 나간다는 것은 지구 환경 문제와 밀접하게 연결된 부분입니다. 인류가 지구 환경을 더 이상 파괴하지 않으면서도 공존할 수 있는 기술이 최고이나, 그것이 여의치 않다면 지구 환경을 완전히 제어할 수 있는 기술이 필요합니다. 지구의 미개척 지역들을 개척하여 인류가 살 수 있는 공간으로 확대해 나간다는 것은 지구 환경 시스템에 대한 제어 문제와도 관련되어 있습니다. 태풍이나 지진, 가뭄, 폭우, 강풍, 해일, 화산 폭발, 이상 기온 등을 인류가 제어할 수 있는 기술을 갖추거나 충분히 여유 있는 기간 안에 예측할 수 있는 확실한 기술을 갖추어야 합니다. 또한 이러한 자연 재해로부터 인류의 개척지가 안전하게 견딜 수 있는 최첨단기술도 갖추어야 합니다. 추가로, 인간의 신체 또한 지금보다는 더 강하고 뛰어난 능력을 갖추어야 합니다. 다양한 환경에서도 적응해 살아갈 수 있는 신체로 생존 능력이 향상되어야 합니다. 이러한 것들에 성공하면 자연스럽게 달이나 화성에서도 인류가 거주할 수 있는 징검다리를 몇 개 놓는 상황이 되는 것입니다. 무턱대고 화성 이주나 달 이주를 생각하는 것은 돈과 자원의 낭비입니다. 우주에는 자원과 에너지, 환경, 인구 문제 등을 해결할 수 있는 길이 분명히 있습니다. 하지만, 한 계단 한 계단 준비할 필요가 있는 것입니다. 언젠가 지구 환경의 급변 등으로 더 이상 인류가 살 수 없는 환경이 되었을 때를 대비할 필요가 반드시 있는 것입니다. 하지만, 꼭 인류가 지구의 표면에서만 살아야 할 이유는 없는 것입니다. 상층 대기권에서도 살 수 있는 것이고, 인공위성이 있는 특정 궤

도에서도 살 수 있는 것입니다. 이러한 다양한 거주 지역에 대해 진정성 있는 연구가 필요한 것입니다. 더 이상 공상 과학 소설이나 영화가 아닌, 현실 문제인 것입니다. …(중략)… 이번 강연 관련해서 질문 있으시면, 손을 들고 발언권을 얻어서 이야기해주세요!" 크 선생이 말했다.

오른쪽 중간쯤에서 꽁지머리 스타일의 한 분이 손을 들었다. 행사를 진행하는 스탭이 뛰어가 마이크를 그에게 건네준다.

"선생님, 안녕하십니까? 저는 대학교에서 물리를 가르치는 강사 이 강사입니다." 목소리는 중후하고, 눈빛에는 힘이 있었다.

"크 선생님께서는 그럼, 현재 인류의 우주 과학 정책에 대해서 어떻게 생각하십니까?"

크 선생이 곧바로 대답했다. "아~ 네, 이 강사님 반갑습니다! 저는 현재의 우주 과학 정책이 지구 내의 어떤 상황들보다 최우선시되어서는 안 된다고 생각됩니다. 우선순위에서 지구 내의 문제 해결을 위한 것들이 먼저 선행되어야 하고, 우주 과학 정책은 시대적 상황에 맞게 서서히 준비해도 좋다고 생각합니다. 결국, 인류는 제한된 자원과 에너지, 인력, 그리고 예산을 사용해야 하는 처지에 놓여 있기 때문에 지구 안의 더 시급한 인류 문제가 무엇인지 잘 판단할 필요가 있다는 의견입니다. 그럼에도 불구하고 기존의 우주 과학 정책이 완전히 중단되어서는 안 된다고 생각합니다. 흐름이 끊기지 않도록 계속 이어가야 합니다. 휴~ 대학교 물리 강사님 앞에서 답변을 하려니 어렵네요. 하하하."

"네, 답변 감사합니다." 짧게 대답한 후 이 강사는 자리에 앉았다.

"추가 질문 없으시면, 이것으로 오늘 강연을 마치도록 하겠습니다." 크 선생이 마지막 멘트를 남겼다.

'인디펜던트 휴먼은 이렇게 말했다' 7차 재개 강연이 마무리되었다. 강연이 끝나고 크 선생은 조용한 곳으로 숨어들어 혼자만의 시간을 갖는다.

어느덧 밤이 되고, 그는 밤하늘을 조용히 응시하고 있다.

'인류가 정말 화성에 대량 이주하여 거주하는 날이 올까?' 밤하늘에 노랗고 크게 뜬 보름달을 보며 그는 생각한다. '저 달도 여행 가기 어려운데… 내가 너무 엉뚱한 꿈을 꾸는 것인가?'

노란 울금차를 한 모금 들이키며 오래된 기억 하나를 꺼낸다.

크 선생이 신혼이던 어느 날, 밤늦게 집으로 귀가하던 그에게 집 문 앞에서 "웅~ 웅~ 웅~ 웅~" 작았던 소리가 점차 커지며 들려오기 시작했다. 주변을 둘러보지만, 그의 눈에는 그러한 소리를 낼 만한 어떤 것도 발견되지 않았다.

하지만 "웅~ 웅~ 웅~ 웅~" 소리는 점차 커졌다.

‘앗~ 머리 위다!’

머리 바로 위의 하늘을 쳐다본 그는 깜짝 놀랐다. 커다란 보름달처럼 생긴 이상한 불빛이 그의 셋집 주택 지붕 위와 그를 함께 비추고 있었다.

그는 한참이나 셋집 현관 입구에 서서 밤하늘의 그것을 쳐다보았다.

“여보! 뭐해~ 얼른 안 들어오구!”

크 선생의 아내가 그를 다그친다.

“네~ 들어가요!”

크 선생은 집 안으로 들어가 간단히 씻으며 그녀에게 말했다.

“문밖에 나가서 하늘 한번 쳐다보고 와보세요. 이상한 것이 집 위에 떠 있어요. 소리도 웅~ 웅~ 거리네요! 얼른 나가봐요!”

그녀가 귀찮은 듯 말했다.

“뭔 말도 안 되는 소리에요! 나가서 아무것도 없으면, 500원이에요~!”

잠시 후 그녀가 집 안으로 들어왔다.

“에구~ 보름달 하나 조그마하게 떠 있어요. 별도 잘 안 보이고… 당신 요즘 몸이 허해서 헛것을 본 거 아니에요? 내일은 장어탕이라도 준비할게요!”

크 선생이 대답한다.

"헉~ 그래요… 이상하다. 분명히 소리도 듣고, 초대형 보름달 같은 형체를 봤는데…"

크 선생은 그 후로는 다시 이러한 현상을 경험하지 못했다.

26

돈 문제

- 재개된 강연 8

"신약성경 마태복음에 나온 구절처럼 '가이사의 것은 가이사에게, 하나님의 것은 하나님께' 또는 기존의 '시장경제 체제'나 기존의 '사회주의 체제'로는 더 이상 미래 사회에 대응할 수 없습니다. 미래 사회를 위한 완전히 새로운 발상의 경제 체제가 필요합니다. 소프트웨어와 로봇과 AI가 사람대신 일하는 미래 사회에서 기존의 종교기부금이나 기존의 경제 체제를 그대로 적용한다는 것은 비합리적인 것입니다. 전 세계를 하나로 묶을 수 있는 신개념의 경제 체제가 필요한 것입니다. '미래 사회에 화폐가 필요한지?'부터 발상을 시작해야 합니다. 사람이 일하지 않아도 되는 사회에서 굳이 화폐가 필요할까요? 식량 문제, 자원 문제, 에너지 문제, 인간 노동력 문제 등이 완전히 해결된 미래 사회에서 굳이 화폐가 필요할까요? 돈은 인간 사회가 만들어놓은 허상입니다. 허상을 나타내는 숫자에 불과한 개념에 수많은 사람들이 울고 웃습니다. 가까운 미래 사회에서는 기존의 금전보다 더 좋은 새로운 개념을 만들든지, 아니면 아예 없애버리는 것도 좋은 아이디어입니다. 인류가 돈을 없애지 못한다면, 돈의 개념을 개선할 필요가 있습니다. 기존의 돈을 대체할 만한 개념으로 무엇이 있을까요? 기존의 돈이 가진 단점은 없애고 돈의 장점만을 남겨놓은 새로운 개념 말입니다. 돈은 어떤 것에 대한 교환 행위를 하기 위한 수단에 불과합니다. 돈은 교환 행위를 통해 유통될 때 그 힘을 발휘하는 것입니다. 화폐를 인간의 필요 이상의 욕망에 의해 쌓아놓고 유통하지 않는다면, 화폐는 그 역할을 다하지 못하고 있는 것입니다. 결국 '뉴디지털 신화폐'로 가야 합니다. '뉴디지털 신화폐'는 기존의 돈이나 기존의 암호화폐와는 완전히 다른 신개념입니다. 특정 개인이나 특정 기업이나 특정 국가만이 돈을 많이 적립하여 가지고 있으면, 그 개인의 돈이나 그 기업의 돈이나 그 국가의 돈의 가치는 쌓아놓고 있는 돈의 규모에 비례해서 가치가 떨어지게 자동 계산되어 자산 규모가 재계

산되고 그 기준으로 결제도 되게 함으로써 돈을 특정한 곳에 오랫동안 모아놓지 못하게 해야 합니다. 일단 그러려면 전 세계 화폐를 통합하고 디지털화해서 종이 화폐나 동전 화폐를 완전히 없애야 합니다. 투명한 사회로의 전환이 필요하다는 것입니다. 쓸데없는 욕심으로 돈을 모아놓지 못하게 해야 하는 것입니다. 물론 특별한 투자나 예산 목적으로 일시적으로 모아놓는 것은 일부 허용해야 하지만, 악용하지 못하도록 견제 장치가 필요합니다. 또한 생존에 필요한 최소한의 화폐를 매일 체크하여 필요한 개인들에게 생존 화폐를 넉넉히 지급해야 합니다. 한편으로는 개인이나 기업, 국가 등에서 1인 기준 최대치로 소유할 수 있는 금액을 제한하여 그 금액을 초과하는 경우에는 자동 회수되어 생존에 필요한 최소 화폐 지급용으로 활용될 수 있도록 연동되어야 합니다. 기존 화폐에 대한 아무런 조치 없이 미래 사회를 맞이한다면, 특정한 사람이나 특정한 기업이나 특정한 국가로의 화폐 쏠림 현상은 더욱 심각해질 것입니다. 이러한 화폐 쏠림 현상은 인류 미래 사회에 필요 없는 갈등들을 촉발시키고, 수많은 사건과 전쟁을 유발하게 할 것입니다. 이것은 결국 인류 미래 사회에 종말 장치로 작동할 수 있습니다. 거대한 기득권 세력들은 이러한 아이디어에 처음에는 기를 쓰고 반대하겠지만, 제가 제안한 '뉴디지털 신화폐'를 받아들이지 못한 채 완전한 4차 산업혁명 시대로 접어들고, 초지능 인공지능과 로봇 세상으로 완전히 사회 시스템이 전환되었을 때는 결국 인류는 후회하게 될 것이고, 인류 종말을 다 같이 목도하게 될 것입니다. 왜냐하면 제한된 자원과 인류 평균 수명 증가에 따른 인구 증가, 끝없는 인간의 욕망은 더 이상 기존의 화폐 개념으로는 견딜 수 없는 문제들을 촉발시킬 것이기 때문입니다. 미래 사회에 대응할 수 있는 새로운 경제 체제가 발명되지 않는다면, 우리는 몇몇 소수의 사람들이나 글로벌 대기업들에게 로봇과 AI 취급을 당하는 완전한 노예로 전락해버릴 것입니다. 어쩌면, 로봇과 AI보다 더 못한 존재로 취급당할 가능성도 있습니다. …(중략)… 이번 강연 관련해서 질문이 있으시면, 손을 들고 발언권을 얻어서 이야기해 주세요!" 크 선생이 말했다.

맨 앞줄에서 젊은 남성 한 분이 손을 들었다. 행사를 진행하는 스탭이 뛰어가 마이크를 그에게 건네준다.

"선생님, 안녕하세요? 저는 은행원입니다. 이름은 밝히지 않겠습니다." 목소리는 느긋하고 침착했다.

"크 선생님께서는 정말 기존의 화폐라는 것을 완전히 개혁할 수 있다고 생각하십니까?"

크 선생이 대답했다. "아~ 네, 선생님 반갑습니다! 저는 화폐 개혁을 할 수 있냐 없냐의 문제가 아니라, 인류의 오랜 생존을 위해서 반드시 해야 하는 인류 역사상 가장 큰 프로젝트라고 생각합니다. 한 개의 국가 규모로는 할 수 없으며, 전 세계 국가가 함께 연합하여 이 문제를 해결해야 합니다. 유럽연합처럼 일단 전 세계의 경제 체계 통합이 선행되어야 한다고 생각합니다. 전 세계 화폐가 통합되고 나서, 그 이후에 '뉴디지털 신화폐'로 화폐 개혁이 추진된다면 충분히 가능성이 있다고 보고 있습니다. 제가 화폐 분야 전문가가 아니다 보니, 현실성이 떨어지는 답변일 수 있으나 제 주장의 큰 흐름만 참고하셨으면 합니다. 그럼, 답변은 이 정도로 정리하겠습니다."

"네, 답변 감사합니다." 담담하게 말한 후 그는 자리에 앉았다.

"추가 질문 없으시면, 이것으로 오늘 강연을 마치도록 하겠습니다." 크 선생이 마지막 멘트를 남겼다.

'인디펜던트 휴먼은 이렇게 말했다' 8차 재개 강연이 마무리되었다. 강연이 끝나고 크 선생은 조용한 곳으로 숨어 혼자만의 시간을 갖는다.

잠시 사춘기 시절을 회상하며 생각에 잠겼다. 사실 크 선생은 사춘기 시절 잠시 돈 없는 세상을 꿈꾼 적이 있다. 성인이 되면서 그 실현 가능성이 희박함을 느꼈다.

하지만, 4차 산업혁명이 진행되고 있는 지금이 돈 없는 사회로 가기 위한 첫발을 내딛는 순간임을 직감했다. 그는 그렇게 진행되기 위해서는 먼저 '뉴디지털 신화폐'로의 화폐 개혁이 필요하다고 생각했다.

이러한 '뉴디지털 신화폐'가 미래 사회에서 자리 잡고 나면, 사실상 기존의 돈이라는 개념은 완전히 사라지는 세상이 올 것이라고 확신했다.

"돈이 없는 세상이나 돈이 필요 없는 세상이 정말 올 수 있을까?"

그는 나지막한 목소리를 내며, 한참 동안 멍한 상태로 먼 산을 바라본다.

27

삶에 대한 문제

- 재개된 강연 9

"사람은 무엇을 위해서 살아야 할까요? 사람은 무엇을 하며 살아야 합니까? 곧 다가올 미래 사회에서는 사람 대신 로봇이나 AI가 대부분의 일을 수행하게 될 것입니다. 이러한 세상이 온다면 여러분은 무엇을 하며 하루하루를 보내고 싶으신가요? 정말 스스로 하고 싶은 일을 찾는 것이 중요합니다. 우리는 무엇인가를 하며 하루하루를 보내야 하기 때문입니다. 어떠한 삶이 여러분이 원하는 삶인가요? 행복한 삶이란 무엇일까요? 즐거운 삶이란 무엇일까요? 의미 있는 삶이란 무엇일까요? 내가 진정으로 원하는 것은 무엇일까요? 우리는 이제 스스로를 더 잘 관찰해야 합니다. 스스로의 겉과 속을 천천히 살펴야 합니다. 나는 진정 누구인가? 나는 왜 태어났나? 나는 어디로 가고 있는가? 인간에 대한 더욱 본질적인 질문에 답하려고 노력할 때 좀 더 행복한 삶에 다가갈 수 있을 것입니다. 이러한 본질적인 질문에 답하지 못한다면, 인류 문명은 쇠락해버릴지도 모릅니다. 왜냐하면 재미와 즐거움, 쾌락만을 추구하게 되어 결국 인류의 정신세계는 매우 피폐하게 될 것이기 때문입니다. 인간은 짐승처럼 본능만을 추구해서는 안 됩니다. 인간의 존엄성은 인간 스스로 삶에 대한 다양한 문제들을 헤쳐 나가면서 세워야 합니다. 한편으로 인간은 많은 것이 부족한 존재로 태어납니다. 신체적인 한계, 정신적인 한계, 능력의 한계, 성격의 한계, 발전의 한계 등 수많은 한계와 문제의 집합이 인간입니다. 그럼에도 불구하고, 우리는 감사하며 살아야 합니다. 태어났음에 감사, 살아 있음에 감사, 하루하루에 감사, 의식주에 감사, 신에게 감사, 다른 사람들에 대해 감사 등 인간은 많이 불완전하고 항상 많은 문제를 가질 수밖에 없기에 감사하고 용서를 구하고 용서를 할 수밖에 없는 삶을 살아갑니다. 서로 미워하고, 화내고, 싸운다면 인류 스스로를 파멸의 지름길로 인도하기 때문입니다. 문제투성이의 인간과 문제투성이의 인간 사회를 있는 그대로 받아들일 수밖에 없습니다. 인간의 삶에 대한 더욱 본질적인 질문에 관심이 없더라도 삶의 기본에 충실하고, 있는 그대로를 받아들이고 감사할 수 있다면 그 삶은 행복하다고 볼 수 있습니다. …(중략)… 이번 강연 관련해서 질문 있으시면, 손을 들고 발언권을 얻어서 이야기해주세요!" 크 선생이 말했다.

저쪽에서 흰 수염의 매우 긴 머리 스타일의 노인 한 분이 손을 들었다. 행사를 진행하는 스탭이 뛰어가 마이크를 백발노인에게 건네준다.

"안녕하신가요? 저는 계룡산에서 내려온 송 노인이라고 합니다만." 그의 목소리는 조용하지만 울림이 있었다.

"선생께서는 인생의 목적을 발견하셨습니까?"

크 선생이 뜸을 들이다 대답했다. "네, 안녕하세요! 어르신! 매우 어려운 질문이네요! 제가 일부 알고 있는 내용에 대해서 책을 쓰고 지금 여기에서 여러분과 이렇게 그 내용에 대해서 이야기를 나누는 것이 일단 제 인생의 목적이라고 판단됩니다. 향후 더 가치 있고 심오한 인생의 목적을 발견하기를 아직 고대하고 있습니다. 어려운 질문이라 이렇게 짧게 답변을 마무리하고자 합니다."

"네, 진솔한 답변 감사합니다." 송 노인이 대답했다.

"추가 질문 없으시면, 이것으로 오늘 강연을 마치도록 하겠습니다." 크 선생이 마지막 멘트를 남겼다.

'인디펜던트 휴먼은 이렇게 말했다' 9차 재개 강연이 마무리되었다. 강연이 끝나자 크 선생은 조용한 곳으로 숨어 혼자만의 시간을 갖는다.

크 선생은 강연 때 받았던 송 노인의 질문에 대해 다시 한번 깊은 생각에 빠졌다.

"내 인생의 진짜 목적이 무엇일까? 책을 집필하고 강연을 하는 것이 내 인생의 목적일까? 책과 강연을 통해 세상을 변화시키는 것이 목적일까? 나의 이러한 활동이 현 인류와 미래 사회에 조금이라도 도움이 된다면 나름 훌륭한 인생의 목적이라고 볼 수 있지 않은가? 최소한 내 삶을 가꾸고, 책 집필과 강연을 통해서 나의 성장을 도모했다고 볼 수 있지 않은가? 내 삶을 가꾸고, 성장을 도모하는 것이 인생의 목적이 될 수 있을까? 내 인생의 진짜 목적이라… 휴우~ 어렵다…."

크 선생은 불멍 스탠드를 보며 한참을 읊조렸다.

28

그의 마지막 강연

- 재개된 강연 10

그의 재개 강연은 총 10회로 예정되어 있었다. 그는 마지막 재개 강연을 진행하였다.

"항상 시작이 있으면, 끝이 있습니다. 물론, 시작과 끝 사이에는 소소하거나 위대한 여정이 존재합니다. 세상에 대중적으로 잘 알려진 그 어떤 것들도 다 처음과 시작이 있었습니다. 이것도 음악이냐, 이것도 노래냐, 이것도 문학이냐, 이것도 예술이냐 등 다양한 혹평이 있었지만 나중에는 그 분야의 시초가 된 것들이 있는 것입니다. 우리는 기존의 틀을 깨고, 기존의 발상을 전환하여 새로움을 창조할 필요가 있습니다. 새로움을 만들어 내는 것이야말로 인간성 회복의 핵심입니다. 새로움의 추구야말로 문명의 시발점이며, 문명의 에너지이며 문명의 발전 가능성입니다. 우리는 항상 틀을 깨고자 노력하고, 틀을 깨고자 노력하는 사람들을 응원해야 합니다. 어떤 인생을 요약하고 압축하면 보통의 인생은 노래만 남는 삶도 있고, 직업만 남는 삶, 돈만 남는 삶, 가르침만 남는 삶, 사람이 남는 삶 등 삶의 흔적을 나타내는 단 하나의 키워드로 표현될 수 있습니다. 하지만 너무나 복잡한 삶을 살아가는 사람들에 대해서는 단 하나의 키워드로 표현하는 것이 쉽지 않습니다. 그럼에도 불구하고 그 사람을 대표할 만한 키워드는 존재할 수 있는 것입니다. 인간 사회나 인생을 그린 소설 또한 그 누구도 경험하지 못한 새로운 방식으로 전개되거나 표현되는 경우도 있는 것입니다. 틀이라고 볼 수 있는 하나의 알을 깨고 나왔을 때 그것은 새로운 생명이 되는 것입니다. 그 생명체가 무엇이 될지 누가 알겠습니까? 저의 책들과 강연들이 형식과 내용 측면에서 새롭고 특이하다 할지라도 응원해주시고 여기까지 찾아와주신 여러분께 진심으로 감사의 말씀을 드립니다. 오늘의 강연이 마지막 강연이지만, 다음에 기회가 또 주어진다면 다시 여러분을 만나고 싶습니다. 여러분과 저의 삶의 파도가 어디로 우리를 인도할지 우리는 아직 확실히 알 수 없지만 우리는 또 하루하루를 살아갈 것입니다. 있는 자리에서 있는 모습 그대로 살아가는 것만으로도 우리는 우리의 역할을 충분히 다 하고 있다고 저는 생각합니다. 뭔가 더 열심히, 뭔가 더 위대하고, 즐겁고 의미 있는 그 뭔가가 아니어도 우리는 충분히 각자 삶의 자리에서 잘 해내고 있는 것입니다. 새는 오늘도 벌레를 잡고, 새집을 짓고, 하늘을 날아다니며 새소리를 냅니다. 우리도 밥을 먹고, 뭔가를 하고, 잠을 자고, 그렇게 여러분이 할 수 있는 어떤 것들을 소소하게 해내면 됩니다. 마치 특별한 것이 있는 것처럼 누군가는 말을 하지만, 특별한 것이 없는 것이 오히려 특별한 것입니다. 다음에 또 만날 때를 기약하며 강연을 갈무리합니다. 감사합니다. 아차~. 질문 시간을 넘어갈 뻔했네요~. 이번 강연 관련해서 질문 있으시면, 손을 들고 발언권을 얻어서 이야기해주세요!" 크 선생이 말했다.

맨 앞쪽에서 중년 남성 한 분이 손을 들었다. 행사를 진행하는 스탭이 급히 뛰어가 마이크를 그에게 건네준다.

"안녕하세요. 저는 휴먼방송국 송 국장입니다." 그는 또박또박 명료하게 멘트를 날렸다.

"선생님이 주장하시는 내용이 비주류이면서도 상당한 사회적 파장을 일으킬 만한 내용인데요. 어떤 마음으로 이렇게 책과 강연까지 진행하시게 된 겁니까?"

크 선생이 대답한다. "네, 안녕하세요. 송 국장님! 이번 답변은 좀 길어질 것 같습니다. 사람들은 두려워하는 것들이 많습니다. 고통, 미지의 세계, 죽음, 비난, 고립 등 이외에도 다양하게 있겠지만, 크게 육체적인 것과 정신적인 것 2가지로 나눌 수 있습니다. 이러한 두려운 것들을 사람들은 가능한 피하거나 피할 수 없다면 미루고자 합니다. 두려움은 본능으로 느끼는 것입니다. 이러한 것들 중에 비난과 고립에 대한 측면으로 송 국장님 질문에 답변을 드리고자 합니다. 사람들은 일반적으로 다른 사람들 사이에서 비난을 받거나 관계가 끊어지거나, 단절되어서 고립되는 것을 매우 두려워합니다. 외로움을 느끼는 단계를 넘어서 스트레스와 고통과 함께 두려움을 느끼게 됩니다. 더 나아가서 정신적인 고통과 두려움은 육체적인 통증을 유발하기도 합니다. 작게는 불면증에 시달리다가 점차 숨을 쉬는 것이 힘들어지고 가슴이 답답해지며 두통이 찾아옵니다. 사람들 가운데 있으면서도 외로움과 알 수 없는 두려움을 느끼며 긴장되는 연속의 순간들을 버텨내야 합니다. 누군가 자신의 말을 가만히 들어주고, 관심을 가져준다면 고통과 두려움은 조금이나마 누그러뜨릴 수 있습니다. 그럼에도 불구하고, 고립된 사람은 누군가에게 말하기가 쉽지 않습니다. 반대로 공인이나 유명인도 누군가에게 뭔가를 속 시원하게 말하기는 어렵습니다. 글이나 공식 미디어 채널을 통해서 남기기는 더욱 어렵습니다. 자신이 한 말이나 쓴 글 때문에 사람들에게 비난받고, 명예가 실추되고 고립되기 쉽기 때문입니다. 그럼에도 글을 쓰거나 강연을 하는 사람들이 있습니다. 글을 쓰거나 많은 사람들 앞에서 말하는 것은 큰 용기가 필요합니다. 여러 가지로 미천하지만 많은 사람들에게 함께 나누는 것이 제가 받을 비난에 비해서 오히려 더 유익할 것이라는 판단으로 저는 용기를 내었습니다. 이상으로 답변을 마무리합니다."

송 국장이 약간 수긍한 듯 고개를 살짝 끄덕이며 대답한다. "네, 선생님 답변 잘 들었습니다." 그리고 자리에 천천히 앉았다. 크 선생의 긴 답변에 청중들은 더 조용히 집중하였다.

"추가 질문 없으시면, 이것으로 강연을 모두 마치도록 하겠습니다." 크 선생이 마지막 멘트를 남겼다.

'인디펜던트 휴먼은 이렇게 말했다' 10차 재개 강연이 모두 마무리되었다. 늘 그렇듯 강연을 마치고, 크 선생은 조용한 곳으로 숨어 혼자만의 시간을 갖는다. 그만의 재충전 시간인 것이다.

주로 그는 그만의 장소에서 먼 산을 바라보거나, 불멍을 하거나, 그냥 멍하니 앉아서 시간을 보낸다. 때론 작은 공간에서 왔다갔다 거닐기도 하고, 아무 생각 없이 꽤 먼 거리를 걷기도 한다. 아니면 어떤 방해도 받지 않고 그냥 누워 있거나 잠깐 잠을 잔다. 조용히 기도하는 시간을 갖기도 한다.

사실 크 선생 마음 한편에는 비난에 대한 두려움과 불안감이 늘 도사리고 있기 때문이다. 그는 사람들과 모여 있을 때보다 조용히 혼자만의 시간을 가질 때 더 힐링이 되곤 했다. 그는 재개된 마지막 강연을 끝내고 한동안 조용히 지냈다.

29

그에 대한 비판

그의 특이한 주장과 직설적인 화법은 사람들에게 사이다 같은 느낌을 주었다. 특정 분야에서 권위 있는 사람이나, 존경받는 사람들이 의견을 밝히지 못하는 예민한 부분에 대해서 서슴지 않고 본인의 생각을 펼쳐 내기 때문이다.

쉬운 단어와 일상의 말을 사용하면서 사회 문제의 복잡한 이야기들을 나름 쉽게 풀어내는 그의 말에는 묘한 에너지가 있었다. 깊이 있는 전문성은 부족하나 대중들의 공감을 불러일으키기에는 충분하였다. 비유적이고 간접적인 화법으로 비난을 피해 가지 않고, 담담하게 가능한 직설적으로 표현하는 그의 진지한 설득력에 많은 사람들이 호응하기 시작하였다.

그럼에도 비판은 항상 존재한다.

스펙도, 배경도, 유명세도 제대로 없는 그가 뭘 안다고 나서는가? 기존의 각 분야 전문가들은 정말로 할 말이 없어서 입을 다물고 있는 줄 아는가? 기존 종교와 철학, 이론들을 비판하는데 명확한 근거나 논리가 부족하지 않은가? 자기주장의 합당성을 어떻게 증명할 것인가? 사이비 종교 만들어서 교주 되려는 거 아니야? 자기 인생이나 잘 살아라!

심지어 그에 대한 인터넷 커뮤니티 댓글에는 미치려면 곱게 미쳐야지 등 입에 담기에도 험한 내용들이 즐비했다. 강연을 계속 이어갈수록 그에 대한 비판은 끊임없이 나타났다.

그럼에도 그는 자신에 대한 비판에 일체 대응하지 않았다. 그는 '모든 것은 상대적인 것'이라 늘 생각하고 있다. '완전히 절대적인 것은 존재하지 않는다'라고 생각하기 때문이다.

크 선생은 자신을 향한 비판들에 대해 생각하며 미세하게 입술로만 읊조렸다.

"기존의 철학과 종교, 사상, 이론 등을 분석하고 연구하는 것도 중요하지만, 새 시대에 맞는 새로운 이론과 새로운 철학과 새로운 사상, 더 나아가 새로운 종교관이 필요하다. 기존의 배움과 기존의 지식으로는 이러한 것들을 감당할 수 없다. 새로운 형식의 데이터와 정보를 처리하려면 새로운 소프트웨어와 새로운 하드웨어가 필요하다. 기존의 데이터나 정보를 분석하고 연구했던 소프트웨어와 하드웨어로 새로운 데이터와 정보를 분석하고 연구하고 비판하고자 한다면, 그 소프트웨어와 하드웨어는 오류가 발생하든지, 엉뚱한 결과 값을 출력할 것이다. 아니면 새로운 데이터와 정보를 처음부터 받아들이지 못하여 불러오지 못하고, 읽어들이지 못할 것이다. 세상이 아직 나의 주장을 받아들이지 못한다고 하더라도 언젠가는 이러한 주장이 필요할 시기가 다가올 것이다. 먼저 깨달은 사람은 외로울 때가 많다. 먼저 주장하는 사람은 비판받을 때가 많다. 자신의 생각을 공개하는 사람은 비난받을 때가 많다. 그럼에도 내 주장에 대해 입증할 만한 근거는 없으며, 확신이 없다."

"야옹~ 야옹~." 크 선생이 집에서 키우는 반려묘의 울음소리에 그의 읊조림도 멈췄다.

30

사람의 욕심

- 특별 강연 1

그에 대한 비판 여론도 일부 있었지만, 그의 인기는 더욱 커졌다. 여기저기에서 특강 요청이 쇄도하였다. 남녀노소와 직업군을 가리지 않고, 다양한 연령층에서 그의 강연이 주목을 받았다.

모든 곳에 특강을 나갈 수는 없기에 몇 곳만 선택해서 특별 강연을 시작하였다. 간략한 강연자 소개와 함께 크 선생의 특별 강연이 시작된다.

"사람의 욕심은 끝이 없습니다. 무리한 욕심은 자기 자신을 황폐하게 만들고 주위의 사람들을 힘들게 할 수 있습니다. 놓친 물고기에 대한 아쉬움, 실수에 대한 자책이나 원망 등도 인간의 욕심에 기인한다고 볼 수 있습니다. 특히, 인간은 돈 앞에서 자유하기 힘듭니다. 돈 앞에서 자유할 수 있는 인간은 욕심을 통제할 수 있는 능력이 있는 사람이든지, 돈이 진짜 필요 없는 사람이든지, 돈과 세상 물정을 잘 모르는 사람일 수 있습니다. 욕심이 돈에 관해서만 강하게 작용하는 것은 아닙니다. 인간은 명예와 권력에 대한 욕심도 끝이 없으며, 어떤 이들에게는 돈보다는 명예와 권력이 더 귀한 가치로 작용하는 경우도 많습니다. 어떤 사람들은 조용히 욕심 없이 사는 것처럼 보이지만, 사실 그런 사람도 티 안 나게 실리를 추구하며 본인의 욕심을 추구하고 있을 가능성이 매우 높습니다. 사람들은 욕심에서 자유하기 어렵습니다. 스스로를 불완전한 존재로 느끼고 살아가고 있기에 이러한 불완전을 조금이나마 해소하기 위해서 뭔가로 채워 넣으려고 합니다. 욕심은 인간의 불완전성에서 기인한다고 볼 수 있습니다. 하지만, 인간의 욕심으로 인해서 오히려 인간의 불완전성은 더욱 커져 가고 있다는 사실을 우리는 놓치고 살아갑니다. 욕심은 더 큰 욕심을 불러오고, 더 큰 불완전성을 만들어냅니다. 항아리가 커질수록 깨진 틈새도 같이 커지기 때문입니다. 이 깨진 항아리를 우리 스스로 메울 수는 없습니다. 다만 최소한의 내용물만 담는다면 깨진 항아리를 요긴하게 사용할 수는 있습니다. 하지만 현실의 많은 사람들은 밑 빠진 독에 물 붓듯이 그렇게 욕심을 채우려고 아등바등 살아갑니다. 심지어 짐승 같은 본능에만 의지한 채 욕구를 채우고, 쾌락을 추구하면서 살아가는 이들도 있습니다. 우리의 욕심을 완전히 없앨 수는 없지만, 적절히 통제하고 간소히 채워서 쓸데없이 넘치거나 버려지지 않도록 서로 돕고 베풀며 살아가야 합니다. …(중략)… 이번 강연 관련해서 질문 있으시면, 손을 들고 발언권을 얻어서 이야기해주세요!" 크 선생이 말했다.

저쪽에서 가슴에 금배지를 단 정장 차림의 남성 한 분이 손을 들었다. 행사를 진행하는 스탭이 뛰어가 마이크를 남성에게 건네준다.

"여러분 안녕하세요~ 반갑습니다! 저는 지역구 의원 황 의원입니다. 이 강연이 인기가 많다고 해서 크 선생님 얼굴도 뵙고, 시민 여러분께 인사도 올릴 겸 이렇게 참석했습니다. 사실은 제가 우리 지역민들을 위해서 선생님을 어렵게 특별 강연에 초빙한 겁니다. 허허허, 이렇게 마이크를 잡았으니 선생님께 질문 하나 하겠습니다. 우리 같은 정치인은 명예와 권력을 중요시 여기는데 명예와 권력에 대한 욕망이 나쁜 것인가요?" 그의 목소리는 시원시원하고 매우 컸다.

크 선생이 웃으며 대답했다. "네, 안녕하세요! 황 의원님. 이렇게 좋은 도시에 초빙해주셔서 감사드립니다. 명예와 권력에 대한 욕망 자체가 나쁜 것은 아닙니다. 그것을 유지하고 차지하기 위해 나쁜 수단을 사용하거나 절차를 악용하고 사람들을 속인다면 그것은 나쁘다고 볼 수 있습니다. 하지만 정당한 방법과 절차를 통해서 명예와 권력을 획득하고 유지하면서 많은 사람들을 위해서 희생과 봉사를 한다면 이러한 행위는 매우 아름다운 것입니다. 여기까지 답변드리겠습니다."

"네, 강사님의 멋진 답변 고맙습니다." 황 의원이 경쾌하게 대답했다.

"추가 질문 없으시면, 이것으로 오늘 강연을 마치도록 하겠습니다." 크 선생이 마지막 멘트를 남겼다.

'인디펜던트 휴먼은 이렇게 말했다' 1차 특별 강연이 마무리되었다. 강연이 끝나자, 크 선생은 조용한 곳으로 숨어 혼자만의 시간을 갖는다.

정치인들과 어울리는 것을 별로 즐겨하지 않는 크 선생은 강연 후 식사 모임이 제안되었지만, 이 핑계 저 핑계를 대면서 거절했다. 황 의원도 크 선생의 성향에 대해 익히 들어 알고 있어서 그런 그를 넉넉히 이해했다.

31

인생론

- 특별 강연 2

"전체 인류의 수명이 지금의 절반으로 줄어든다면, 인간들의 삶은 어떻게 바뀔까요? 오히려 더 알차고 의미 있게 인생을 살아갈 수 있을까요? 아니면, 짧은 인생 그냥 막 즐기면서 살아갈까요? 여러분은 어떠실 것 같습니까? 반대로 전체 인류의 수명이 두 배로 늘어난다면, 인간들은 삶을 더 의미 있게 보내게 될까요? 더 행복할까요? 지구 환경에 도움이 될까요? 후손이나 후세대에게 도움이 될까요? 인류 사회를 유토피아로 이루는 데 도움이 될까요? 천국이나 극락세계에 가는데 도움이 될까요? 그렇다면 가장 적절한 인간의 수명은 평균 몇 살일까요? 우리는 가장 적절한 인간 수명에 대한 연구부터 시작해야 합니다. 무조건 수명을 늘려서 인류 전체가 아주 오래 사는 것도 답이 아닐 수 있으며, 자살하는 것은 더욱 답이 아닙니다. '얼마나 오래 사느냐?'보다는 '어떻게 사느냐?', '무슨 목적으로 사느냐?'가 더 중요한 사회로 인식의 대전환이 필요합니다. 살기 위해 먹거나 먹기 위해 사는 세상이 아니라, 특별한 목적을 가지고 살기 위해 생명을 유지해야 합니다. 도착지가 없는 상태로 표류하다가 바다 한가운데서 죽어 가서는 안 됩니다. 도착지를 명확히 하고, 그곳을 향해 나아가야 합니다. 거친 파도와 바람을 때론 거스르고, 때론 해류와 순풍을 타고 그렇게 목표를 향해 삶의 방향을 명확히 해야 합니다. 그런데 아쉽게도 우리의 삶 대부분은 표류하는 인생입니다. 표류하는 인생을 벗어나기 위해 종교에 귀의하거나 정신 수양을 하거나 어떤 분야에서 연구하면서 진리를 찾아보지만, 확실한 정답을 찾았다고 외치는 이는 거의 없습니다. 외치는 이가 있다 하더라도, 그 외치는 자가 잘못된 목표를 찾아놓고 확신을 했을 수도 있고, 또는 잘 찾았지만 그 목표는 그 한 사람의 목표일 가능성이 매우 높습니다. 나의 목적지와 당신의 목적지가 완전히 같은 경우는 드뭅니다. 인생은 다양성을 지향하기 때문입니다. 자신의 마음에 그려지는 삶의 목표가 다른 사람에게도 똑같이 그려지거나 그려질 수 있다는, 또는 그려져야 한다는 착각 속에서 확신하며 살아가는 이들도 있을 것이며, 있었을 것이며, 앞으로도 있을 것입니다. 인생에는 정답이 없습니다. '이것이 정답이다'라고 외치는 자마다 진실이 아닐 가능성이 높습니다. 각자의 바다에서 각자의 목적지를 찾아야 합니다. 같은 바다인 것처럼 보이지만, 사실 모든 사람들의 바다는 서로 완전히 다릅니다. 비슷한 목적지인 것처럼 보이지만, 모든 사람들의 목적지는 다 다르고 완전히 똑같은 사람은 한 사람도 없습니다. 그래서 '여기로 와서 거기로 가자!'라고 외치는 자마다 착각하는 자입니다. '이런 방법으로 바다를 헤쳐 나가고 이렇게 인생의 목적지를 찾아보는 것이 하나의 방법이 될 수 있다'라고 말하는 자가 현명한 자입니다. 예수를 제외하고 그 어떤 사람이 자신을 길, 진리, 생명이라고 감히 외칠 수 있겠습니까? 예수는 진짜 신의 아들이거나 착각하는 사람일 것입니다. 선택은 각자의 몫입니다. 어떤 이의 외침을 듣고 그 길을 따라가든지, 스스로 길을 개척하든지, 길도 없이 그냥 막 가든지 아직 우리는 정답을 알 수 없습니다. 정답을 미리 안다면 우리 인생이 얼마나 지루할까요? 정말 어렵고 힘들지만, 나름 재미도 있는 인생의 수수께끼를 풀어 가면서 우리네 인생을 살아간다는 관점이 그나마 합리적으로 인생을 바라보는 시각이 되면 좋지 않을까 생각해봅니다. 누가 우리에게 이러한 수수께끼를 냈는지, 참 알 수 없고 고약한 분입니다. …(중략)… 이번 강연 관련해서 질문 있으시면, 손을 들고 발언권을 얻어서 이야기해주세요!" 크 선생이 말했다.

맨 뒤쪽에서 편안한 차림의 중년 한 분이 손을 들었다. 행사를 진행하는 스탭이 뛰어가 마이크를 그에게 건네준다.

"크 선생님 안녕하세요! 저는 철학을 전공한 심 박사입니다. 죽음과 사후세계에 대해서 어떻게 생각하십니까?"

그의 목소리는 조용했지만, 날카로웠다.

크 선생이 진지한 표정으로 대답했다. "네, 심 박사님 안녕하세요! 죽음과 사후세계 모두 어려운 키워드네요. 먼저 죽음은 어느 단계의 마무리이자 또 새로운 단계의 시작이라고 생각합니다. 사후세계는 현실세계에서 스스로가 사후에 대해서 어떻게 믿느냐와 죽는 순간 어떠한 마음가짐으로 반응하였는가에 따라서 종합적으로 뇌와 영혼, 미지의 대상 등에 영향을 주어 다르게 반응될 수 있다고 생각합니다. 마치 사후세계에 대해서 YES라고 반응한 경우에는 사후세계를 만나게 되고, NO라고 반응한 경우에는 사후세계 없이 소멸되어버리는 그러한 컴퓨터 프로그램 코딩의 조건문처럼 처리되지 않을까 생각해봅니다.

철학박사님 앞에서 답변을 드리려고 하니 어렵네요. 하하하. 그럼 여기까지 답변드리겠습니다."

"네, 선생님 답변 감사합니다." 심 박사가 짧게 대답했다.

"추가 질문 없으시면, 이것으로 오늘 강연을 마치도록 하겠습니다." 크 선생이 마지막 멘트를 남겼다.

'인디펜던트 휴먼은 이렇게 말했다' 2차 특별 강연이 마무리되었다. 사실 이곳은 우리나라의 명문대 대강연실이다. 대학교에서 초청해서 많이 부담스러웠지만, 담담히 그는 자신이 준비한 PPT와 원고를 참고하여 강연을 진행해 나갔다.

강사의 마지막 멘트와 함께 강연이 끝나자, 청중들의 잔잔한 박수가 흘러 나왔다. 허리를 숙인 인사와 함께 무대에서 내려오면서, 대학 강연자로 초청되어 한껏 무거웠던 그의 마음은 깃털처럼 가벼워졌다.

32
종교 문제
- 특별 강연 3

"기존의 종교가 좋은 일들을 해 온 것은 사실입니다. 사람들이 힘들 때 위로가 되고, 국가나 사회가 어려울 때 종교 특유의 단합과 저항의 힘으로 국가나 사회를 위해 많은 일들을 해 왔습니다. 하지만, 그 이면에는 동전의 양면처럼 어둠이 항상 존재해 왔습니다. 매우 말하기 예민하고 어려운 부분이지만, 종교의 어둠의 영역, 일명 종교 문제에 대해서 말해보려고 합니다. 인류 역사나 사회 속에서 나타난 바와 같이 종교가 갈등 원인이 되어 사람들이 서로 간의 분쟁을 넘어 잔혹한 학대와 죽임, 심지어 국가 간에 전쟁이 일어나거나 나라가 갈라지거나 각종 테러가 발생하거나 가정이 파괴되거나 개인이 파멸에 이르는 경우를 우리는 자주 목도해 왔으며, 이렇게 종교의 어두운 면으로 인한 수많은 문제들은 지금도 현재 진행형입니다. 종교가 정치와 결탁하면, 순수한 종교 의식은 사라지고 혼탁한 종교 행위만 남게 됩니다. 이렇게 정치와 결탁된 종교로 인해 극심한 사회 갈등과 국가 간 분쟁까지 야기되는 경우가 허다합니다. 아직도 전 세계는 종교로 인한 다툼과 테러와 전쟁까지 끊이지 않고 있습니다. 더 이상 종교가 분쟁과 전쟁의 원인이 되어서는 안 됩니다. 종교는 종교로서 선을 지켜야 합니다. 또한 대부분의 종교에서는 일종의 종교기부금을 받습니다. 물론 이러한 종교기부금은 강제사항은 아니지만, 안 받으면 종교기관의 운영이 거의 불가능하고, 해당 종교에 소속된 종교인으로 인정받기도 어렵습니다. 종교기부금은 종교 종류에 따라서 시주, 공양, 보시금, 헌금, 봉헌, 교무금, 예물 등으로 불립니다. 종교와 돈도 결탁되면 안 됩니다. 돈에 얽매인 종교는 순수한 종교 의식이 아닌 혼탁한 종교 의식이 되고 맙니다. 대부분의 종교단체에서는 종교기부금을 많이 내야 종교심의 깊이가 있고 진정한 종교인으로 내부에서 인정받는 분위기가 형성되어 있습니다. 아니면 몸, 즉 일종의 노동으로 공양하거나 봉사하는 형태로 돈으로 못다 한 종교인의 진정성을 드러내야 하는 분위기가 형성되어 있습니다. 인간 사회에 존재하는 종교의 한계는 이렇게 중앙 정치나 지역 정치와의 연결, 돈과의 연결 등으로 드러납니다. 혼탁한 사회 안에서 맑은 종교는 존재하기 어렵습니다. 기존의 종교라는 형식을 완전히 벗어나야 맑은 종교가 존재할 수 있는데, 그러려면 사람들이 모이면 안 됩니다. 그냥 개개인이 스스로 본인의 마음속으로 자신만의 종교관을 세우고 살아가면 됩니다. 꼭 하고 싶은 기부가 있다면, 사회복지단체나 어려운 이웃에게 직접 하면 됩니다. 어떠한 인정도 보답도 바라지 않는 그냥 순수한 기부를 할 때 그 기부는 순수한 종교로서 진정한 종교기부금이 될 것입니다. 누군가를 위해 염려해주고, 기도해주고, 응원해준다면 이것이야말로 진정한 기도이며, 공양이며, 정성을 쌓는 일이 될 것입니다. 업보라는 것이 있다면, 우리는 업보를 조금씩이라도 멸도하거나 청산하는 것이 아니라 매일매일 추가로 쌓아 가고 있습니다. 사람이 살아가는 것 자체가 이미 업보를 추가로 만드는 것이기 때문입니다. 그럼에도 우리는 주어진 상황이나 연결된 사람들과의 관계에서 감사한 마음을 유지하며 살아가려고 노력해야 합니다. 이러한 감사한 마음을 유지할 수 있을 때 진정으로 나 자신도 사랑할 수 있게 됩니다. 모든 것은 감사한 마음으로 인한 평안한 마음과 나 자신을 진정으로 사랑하는 마음, 이 두 가지의 마음에서 시작하여야 합니다. 내면의 평안과 나에 대한 사랑이 점차 확대될 때 주변의 평안과 주변 사람들과의 아름다운 관계로 그 역량이 확대될 수 있는 것입니다. 이러한 것의 중심에는 어렸을 때부터 여러분 스스로에게 이미 존재하고 있는 양심을 잘 체크하고, 양심을 잃어버렸다면 다시 찾아와야 하며, 약해졌다면 다시 강화시켜야 합니다. 이것이 제가 주장하는 현대 사회와 미래 사회에 적합한 인간만이 할 수 있는 인간성 회복과 진정한 종교로의 회귀입니다. 사람의 양심이 곧 하늘의 마음입니다. 양심 없는 사람들의 마음은 하늘의 마음이 아닙니다. 이 양심이 더러워지지 않도록, 이 양심이 병들지 않도록, 이 양심이 약해지지 않도록, 이 양심을 아예 잃어버리지 않도록 우리는 늘 마음가짐을 조심하며 살아가야 합니다. 우리는 태어날 때 충분히 좋은 양심을 가지고 태어났습니다. 다만 주어진 환경과 잘못된 교육, 잘못된 종교, 잘못된 문화와 사상 때문에 우리의 양심의 힘은 점차 약해져버린 것입니다. 우리의 양심 자체는 선한 것도 아니고 악한 것도 아닙니다. 다만, 선악을 판별하려는 마음의 소리인 것입니다. 우리는 이 마음의 소리에 귀를 기울여야 합니다. 마음과 가슴이 울렁이며 두근거리는 경우는 크게 두 가지 경우입니다. 하나는 좋은 일로 설레고 긴장할 때, 또 다른 한 가지는 나쁜 일로 들킬까 염려되고 긴장할 때입니다. 물론 양심을 이미 잃어버린 사람은 이 두근거림도 이미 사라졌을 것입니다. 또한, 몸과 정신이 연약한 사람은 이유 없이 자주 울렁이며 두근거릴 것입니다. 그럼에도 마음과 가슴이 울렁이며 두근거릴 때 우리는 주의해야 합니다. 혹시 자신이 나쁜 일을 하려고 하는 것은 아닌지 말입니다. 가슴이 두근거리는 것은 양심이 외치는 소리에 심장이 반응하는 것이라 볼 수 있습니다. 이제는 사람들이 모이는 형태의 기존의 모든 종교를 내려놓고, 자신의 양심의 소리에 비추어 자신을 성찰하고 살아가는 새로운 종교관이 필요할 때입니다. 저는 이것을 무교라고 부르지 않고 오히려 '진정한 종교'라고 부르고 싶습니다. 짧게 줄여서 '진정교' 또는 'The True Religion'이라 칭하고자 합니다. '진정교'를 추구하는 사람들은 본인의 양심에 맞춰 성실히 살아가면 됩니다. 어떠한 종교 의식이나 종교 행위나 종교기부금도 없습니다. 앞에서도 일부 말했지만, 세 가지 마음만 품으면 됩니다. ① 모든 것을 감사하는 마음에서 흘러나오는 평안한 마음 ② 나 자신을 진정으로 사랑하는 마음 ③ 양심을 지키려는 굳건한 마음. 이 세 가지만 잘 지키면 여러분은 지금부터 '진정교'의 개념을 통해 여러분 스스로 준비한 '자유롭고 행복한 나라'의 '시민이자 국왕'이 될 수 있습니다. '자유롭고 행복한 나라'는 개인의 마음속에 세워진 1인 시민 체계의 1인 가상 국가입니다. 여기에서 중요한 포인트는 다른 사람들의 사상이나 종교는 타 국가이므로 그 국가들만의 문화와 종교에 대해서 있는 그대로 인정하고 존중해야 한다는 점입니다. 신은 여러분이 자유롭고 행복한 사람으로 살아가길 원하실 것입니다. 신은 종교라는 이름으로 행해지는 수많은 잔혹한 일들을 결코 허락하지 않으셨을 것입니다. 혹시 잔혹한 일을 명령하는 신이라면, 선한 신이 아닌 악신이기 때문입니다. 다만 인간들이 본인들의 어떤 상황에서 그들에게 유리하게 신의 뜻을 해석하든지, 오해하고 오용하거나 심지어 가공했을 가능성이 매우 높습니다. 본인들의 욕망을 채우기 위해서 말과 행위의 정당성을 부여할 목적으로 신의 이름을 함부로 사용하고, 종교의 힘을 빌렸을 가능성은 얼마든지 있습니다. 우리는 이제 진실을 말할 수 있어야 합니다. 우리는 이제 그 어떤 것에도 얽매이지 않고 독립적이고 자유로워져야 합니다. 인간은 이제 스스로 성찰하는 삶을 살 줄 알아야 합니다. 스스로 성찰하는 삶을 통해서 예수나 석가모니, 공자, 소크라테스가 되자는 것은 아닙니다. 조용한 자기 성찰을 통하여 평안과 평온을 유지하고, 온전한 자유와 가득한 행복을 누리자는 것입니다. 우리는 성숙한 인격체로, 성숙한 인간으로 스스로 우뚝 서야 합니다. 이렇게 자유롭고 행복한 삶을 누리면서 살아가는 사람을 '인디펜던트 휴먼'이라 부르고 싶습니다. 여러분은 이제 자유롭고 행복한 사람이 될 준비가 되었나요? …(후략)…"

'인디펜던트 휴먼은 이렇게 말했다' 3차 특별 강연이 마무리되었다. 강연에 참석한 사람들은 종교 문제에 대한 그의 강연에 숙연해졌다. 강연 후, 크 선생은 조용한 곳으로 숨어 혼자만의 시간을 갖고자 한다.

그런데 강연이 끝나자마자 최 회장이 말을 걸어 온다.

"아따~ 슨상님! 갈수록 내용이 깊어진당께요. 오늘은 오랜만에 차 한잔 들이킴시롱 이야그 쪼까 했으면 쓰것는디."

크 선생이 웃으며 대답했다.

"네, 그래요. 이번에는 제가 대접하겠습니다. 제가 간혹 가는 찻집으로 가시죠. 다른 분들도 참여하셔도 됩니다. 하하하…. 찻집 주소는 메신저로 보내겠습니다. 그럼 회장님! 저는 먼저 출발합니다."

33

전통찻집에서

크 선생이 먼저 찻집에 도착했다. 한적한 곳에 경치가 좋은 시골 냄새 물씬 풍기는 곳이다. 크 선생은 창가 넓은 테이블에 자리를 잡고 앉았다. 먼 산을 한참 바라보고 있는 그 순간, 우렁찬 목소리가 들린다.

"아따 손상님, 빨리도 와부렀소잉." 최 회장이 웃으며 들어온다.

그와 함께 유 총무가 여기저기 가게 내부를 살펴보며 천천히 들어온다. "여기에 찻집이 있었네요. 저는 처음 와봐요."

조금의 시간차를 두고 행사부장을 맡고 있는 강 기자도 헐레벌떡 들어오며 멘트를 날린다. "제가 제일 늦게 왔나 봅니다. 강연장 뒷정리하고 오느라 조금 늦었습니다. 죄송합니다."

크 선생이 곧바로 반응한다. "아뇨, 갑자기 약속을 잡아서 제가 미안합니다. 이렇게 세 분만 참석하시는 건가요?"

최 회장이 대답한다. "슨상님 돈 많이 나가믄 안 된께, 핵심 멤바만 불렀지라~."

크 선생이 뒷머리를 긁적이며 대답한다.

"아~ 그러셨군요…."

최 회장이 대답한다. "하하하 농이요, 농~. 고것이 아니라 슨상님하고 핵심 멤바들하고만 할 이야그가 있어서 그런 거 아니것소."

유 총무가 쌀쌀맞게 끼어든다. "일단 차를 한잔씩 시켜놓고 이야기하는 것이 어때요?"

유 총무가 메모지를 꺼내며 말을 던진다. "선생님부터 주문할 차 말씀해주세요."

크 선생이 대답한다. "아, 네. 그럼~ 저는 홍차요."

회장이 메뉴판을 쓰윽 한 번 훑어보고 말한다. "지는 쌍화차."

회장의 말이 끝나자 강 기자가 기다렸다는 듯이 곧바로 이야기한다. "저는 대추차 부탁합니다."

유 총무가 대답한다. "그럼 저도 대추차니까, 홍차 하나, 쌍화차 하나, 대추차 두 개네요. 카운터에서 주문하고 올게요."

크 선생이 급하게 말을 한다. "아뇨, 제가 얼른 카운터 다녀오겠습니다. 오늘은 제가 사겠다고 말씀드렸습니다. 하하하."

말이 끝나기가 무섭게 크 선생은 자리에서 벌떡 일어나 주문하고 금방 돌아왔다. 시간이 얼마 지나지 않아 차가 배달된다. 뜻밖에 서빙용 로봇이다.

서빙용 로봇이 귀엽게 멘트를 날린다. "1번 테이블에서 주문하신 차가 나왔습니다. 삐리삐리~."

테이블 옆을 다시 천천히 보니, 각 테이블에 주문할 수 있는 작은 키오스크 단말기도 한쪽에 설치되어 있었다.

"아~ 오랜만에 와서, 첨단 기계를 들인 줄 몰랐네요. 하하하." 크 선생이 멋쩍어하여 말했다.

카운터에서 주인장 아줌마가 크게 대답한다. "괜찮아요. 저희 가게 인테리어하고 좀 어울리지가 않죠. 호호호."

강 기자가 조용히 이야기한다. "이제는 이런 시골 찻집까지도 변화의 바람이 시작되었네요."

최 회장이 대답한다. "그런께 말이제, 우리 슨상님이 이런 강연을 하는 것이 얼매나 중요한 것인지 또 느껴부렀당께~."

크 선생이 대답했다. "아~ 네, 차 드시면서 회장님 천천히 말씀 나누시게요."

최 회장이 호르르 차 한 모금을 들이키고 곧바로 말을 이어간다. "지금까지는 슨상님이 우리한테 말을 많이 했슨께, 오늘은 우리가 쪼까 이야기 좀 해야 쓰겄소."

"네, 네. 그렇게 하시게요." 크 선생이 짧게 대답하며 그를 바라보았다.

최 회장이 말을 계속해 나갔다. "긍께요. 사실 지는 슨상님을 맨 처음에는 오해를 쪼까 했었지라. 이 사람이 진짜 미쳐부른 인간인가? 아니믄, 사이비 종교를 하나 만들라고 그런가? 사실 저도 처음에는 쪼까 나쁜 마음을 먹었은께요. 슨상님 책을 읽고, 슨상님을 만나서 인연을 맺고 잘 이용해 먹으면 슨상님을 앞세워서 사이비 종교 하나 만들어서 이것저것 쪼까 해먹어야 쓰겄다. 이런 말도 안 되는 상상을 했은께요. 슨상님 진짜 죄송해부요. 근디 슨상님 강연을 계속 듣다 보니께, 그런 것이 아니고 거뭣이냐 인디펜던트 휴먼인가 이야그함시롱 양심, 평안, 사랑 이런 이야그를 하시는디 지 가심이 겁나게 두근거렸지라. 그래서, 시방은 반성하고, 이렇코롬 슨상님 앞에서 실토해부요. 암튼 슨상님 겁나게 미안해부요!"

크 선생이 대답한다. "휴~ 그러셨군요. 오해하실 수 있죠. 괜찮습니다."

최 회장이 곧바로 말을 한다. "슨상님은 이렇코롬 사람이 좋은 께 문제랑께요. 너무 순수해부러요. 암튼 내 맴을 알아줘서 고맙소. 우리 유 총무도 할 말이 많을 것 같은디?"

기다렸다는 듯이 곧바로 유 총무가 말을 시작한다.

"네, 저도 최 회장님과 비슷해요. 일단 선생님 죄송해요. 사실 저희 모임은 독서와 등산이라는 두 가지 취미를 가진 사람들이 모여서 시작했어요. 지금은 크사모로 바뀌었지만요. 크 선생님 책을 읽고 일부 충격을 받은 부분도 있고, 나름 재밌는 부분도 있었어요. 그런데 왠지 모를 반항심 같은 것이 제 마음에 끓어올랐어요. 크 선생이 잘났으면 얼마나 잘났다고 별 얘기를 다 책에 써놨네 하면서 만나서 어떻게 하면 골탕을 먹일까 궁리를 자주 했었죠. 그래서 간혹 이상한 질문을 했던 거예요. 당황하게 해서 실수도 하게 하고 골탕도 먹일 겸이요. 골탕 먹일 기회를 잡기 위해 사실은 강연을 제안했던 거예요. 그런데 선생님의 강연들을 차례로 들으면서 제 마음이 삐딱하고 잘못됐다는 것을 깨달았어요. 암튼 선생님 다시 한번 죄송해요."

크 선생이 대답한다. "네, 제가 필력이 부족하여 오해할 만한 내용을 책에 많이 담았나 봐요. 총무님 괜찮습니다."

강 기자도 이때다 싶어 말을 꺼낸다. "저는 아시다시피 문학웹진 기자입니다. 사실 저는 자연스럽게 크 선생님께 다가가 일상 속에서 밀착 취재해서 특별 기사를 시리즈로 써볼까 하는 욕심에서 크사모에 참여하게 되었습니다. 이 이유 말고는 저는 정말 순수하게 선생님을 존경하고 좋아하는 편입니다. 특별 기사 시리즈 쓰는 것은 일단 잠정 중단한 상태입니다. 그냥 선생님께 순수한 팬으로서 남고 싶어서입니다. 선생님, 저도 죄송합니다."

크 선생이 대답한다. "아뇨, 기자이시니까 직업정신으로 당연한 거 아닌가요? 그런 부분까지 저한테 미안해하실 필요는 없어요. 오히려 관심 가져주셔서 제가 감사하죠."

고개를 끄덕이며 강 기자가 대답한다. "네, 선생님."

크 선생이 말을 이어 간다. "아~ 이제 좀 마음이 다들 가벼워지셨나 봐요~! 다들 얼굴들이 많이 밝아지셨네요. 차가 다 식었겠어요. 얼른 드시고 바쁘실 텐데 이만 일어나도 좋습니다. 이렇게 속마음을 밝혀주셔서 제가 고맙습니다. 사실 저도 어려분의 모임과 강연 초빙 의도에 대해서 많이 걱정했었습니다. 사람 속은 알 수 없으니까요?"

소소한 얘기들만 몇 마디 더 나누고, 그렇게 급조된 차 모임은 마무리되었다.

최 회장은 내심 크 선생의 강연 내용에 일부 동의했지만, 또

한편으로는 크 선생이 말하는 세상으로 변한다면 오히려 삶이 불편해지지 않을까 걱정하고 있다. 최 회장은 속으로 생각한다.

'시상이 겁나게 빨리 바뀌는 것 같아서 가심도 울렁이고, 옛날이 징하게 그립다.'

차 모임이 끝나고, 이제야 크 선생은 조용한 곳으로 숨어 혼자만의 시간을 갖는다. 크 선생은 최 회장, 유 총무, 강 기자의 이야기를 들으면서 크사모에 대한 걱정을 조금 덜었다. 하지만, 크사모와 일부 팬덤에 대한 약간의 불안함은 아직 남아 있다.

창가 너머로 멀리 V자로 떼 지어 날아가는 새들이 그의 눈에 들어온다.

'나 혼자만 나름 잘한다고 다 되는 것은 아니지…. 시대가 변하고 있으니, 이젠 크사모와 팬들의 역할이 중요해졌어….'

그는 바람에 흔들리는 창가의 커튼을 바라보며, 혼자만의 생각에 빠져든다.

이후에도 그의 특별 강연은 계속되었다.

34

자살에 대하여

- 특별 강연 4

"여러분은 자살에 대하여 어떻게 생각하십니까? 자살에 대하여 깊이 고민해보신 적 있으신가요? 또는 자살을 선택하고, 시도해보신 적 있으신가요? 불행히도 수많은 사람들이 자살에 대하여 고민해보고, 더 나아가 시도해본 적이 있는 경우가 많습니다. 술을 마시고 일부 충동적으로 시도하는 경우도 있으나, 많은 경우는 매우 여러 날 동안 고민하고 신중하게 결정하여 내린 결론이 자살밖에 없다고 생각한다는 것입니다. 고통에 대한 탈출이나 회피라고 생각되는 경우가 많습니다. 한편으로는 자살을 생각하고, 시도하는 사람들에 대하여 나약하다고 말하는 이들도 있습니다. 어떤 이는 최소한의 명예를 지키는 죽음이라고 말하는 이들도 있습니다. 그러나 저는 자살이란 자기 스스로를 충분히 사랑하지 못해서, 또는 스스로를 믿어주고 사랑하지 못해서 벌어지는 매우 슬픈 일이라고 생각합니다. 그 누구에게도 의지할 곳 없는, 최소한 이야기할 상대도 없는 외로운 사람이 마지막까지 내몰려 스스로에게 겨우 이야기를 계속해 나가다 스스로의 이야기에도 마음을 닫고 더 이상 이야기할 힘도, 스스로의 독백을 들어줄 힘도 사라졌을 때 자살이라는 가지 않아야 할 길을 고민한다고 생각합니다. 자살은 지독한 외로움이고, 참을 수 없는 고통이며, 집약된 슬픔입니다. 본인 스스로에 대해서 살인을 저지르는 행위인 자살은 남겨진 이들에게도 엄청난 충격과 슬픔과 자책들을 남길 것입니다. 자기 자신에게 저지르는 테러이며, 남겨진 이들에게 행하는 일종의 만행입니다. 그럼에도 그 누가 자살한 사람에게 또는 자살을 시도한 사람에게 비난을 할 수 있겠습니까? 더욱이 주변인들에게 피해도 주지 않고, 성실히 살아가다가 오히려 본인이 주변 상황으로부터 심한 압박과 고통을 받아 자살한 사람에게는 살아 있는 사람들이 명복을 빌어주고 자살밖에 할 수 없었던 그 사람의 이유나 원인, 일종의 원한을 들어주고 해결하거나 풀어주기 위해 노력해야 합니다. 사회의 다양한 상황에서 벌어지는 말도 안 되는 상황이나 어떤 폭력적인 상황들이 어떤 사람을 자살로 내모는 경우를 뉴스 등을 통해 전해 듣는 경우가 종종 있습니다. 하지만, 뉴스에도 보도되지 않는 억울한 자살 사건이 훨씬 더 많습니다. '죽은 사람은 말이 없다'라고 하지 않습니까? 유언도 유언장도 남길 마음의 여유가 없어, 그 어떤 흔적도 없이 사라져버리는 사람도 있을 것입니다. 어쩌면 인간의 DNA에는 어떤 특정 조건이 되면 자살 프로그램이 작동하게끔 코딩되어 있을 수 있습니다. 자살하는 사람의 의지로 그 자살 코딩 프로그램을 이겨내기는 매우 어려울 수 있다는 것입니다. 그럼 자살은 인간 DNA만의 문제인가요? 인간 사회 부조리만의 문제인가요? 자살률이 높은 특정 국가만의 문제인가요? 특정 가정만의 문제인가요? 자살을 선택한 특정 개인만의 문제일 뿐인가요? 아니면 이 모두를 아우르는 복합적인 문제인가요? 자살은 매우 안타깝고, 아픈 현실입니다. 누군가는 행복한 삶을 누릴 때, 지금 이 순간 누군가는 자살을 결심하고 시도합니다. 나만 아니면 되는 것인가요? 내 가족만 아니면 되는 것인가요? 내 친구만 아니면 되는 것인가요? 내 직장에서만 아니면 되는 것인가요? 우리는 너무 자신도 돌보지 않고, 주변도 돌보지 않는 척박한 세상에서 잘 적응하고 살아가고 있습니다. 우리 주변이 더운지 추운지, 누군가 아파하고 있는지 힘들어 하고 있는지, 서로가 느끼는 상처와 고통을 돌볼 여유도 없이 그렇게 본인의 생존에만 집착하여 살아가고 있는 것입니다. 이 얼마나 짐승보다 못한 삶인가요? 아니, 기계보다 못한 삶인가요? 우리는 인간의 순수한 본성을 잃어버렸습니다. 많은 사람들은 과한 생존 욕망에 사로잡혀 스스로 행복한 삶을 누리기를 포기해버렸습니다. 그럼에도 우리는 자살하는 사람이 없는 사회를 희망합니다. 자살할 필요가 없는 사회를 희망합니다. 자살을 생각하지 않아도 되는 사회를 희망합니다. 그러한 사회가 미래 사회여야 합니다. 스스로 행복해지기 위해서, 스스로를 사랑해야 합니다. 자기 스스로를 진심으로 사랑하기 위해서 주변도 함께 사랑으로 돌봐야 합니다. 인디펜던트 휴먼들이 그런 행복한 미래 사회를 함께 열어 가야 합니다. …(후략)…"

'인디펜던트 휴먼은 이렇게 말했다' 4차 특별 강연이 마무리되었다. 강연에 참석한 사람들은 자살에 대한 그의 강연에 심각해졌다.

강연이 끝나자 강 기자가 조용히 다가와 인사한다.

"선생님, 안녕하셨습니까?"

크 선생이 대답한다. "자주 뵙네요."

강 기자가 이어서 말한다. "선생님이 쓰셨던 책에서 선생님의 자살 시도 경험에 대해서 잠깐 언급하셨던데… 지금은 많이 후회하시나 봐요?"

크 선생이 대답한다. "저의 경우에는 젊은 시절 짧은 생각과 객기였다고 생각합니다. 하지만, 다양한 이유로 많은 사람들이 자살을 시도하고 있기에 저의 경험만으로 모든 것을 다 아우를 수는 없습니다. 휴~ 요즘 날씨가 많이 덥네요."

크 선생이 자신의 자살 시도 이야기가 불편한지 날씨 이야기로 갑자기 화제를 돌린다.

눈치챈 강 기자가 대답한다. "제 질문이 너무 직설적이였죠. 선생님 죄송합니다. 무더위에 건강 잘 챙기십시오."

강 기자는 멋쩍어하며 목례하고 서둘러 자리를 뜬다.

"네~!" 크 선생은 손을 가볍게 흔들며 대답했다.

35

죽음에 대하여

- 특별 강연 5

"여러분은 죽음에 대하여 어떻게 생각하십니까? 우리 주변에 죽음은 늘 존재해 왔습니다. 하지만, 사람들은 자신의 죽음을 늘 가까이 생각하면서 살아가지는 않습니다. 아마 매일 죽음의 두려움에 사로잡혀 살아간다면 그 스트레스가 견디기 힘든 정도일 테니까, 우리 스스로 잊어버리고 살아가게끔 적응한 것 같습니다. 인간은 어떤 대상의 죽음을 통해서 인간 스스로의 생명을 유지해 나갑니다. 인간 몸속에 있는 수많은 박테리아가 인체 내에서 사람에게 유익한 역할도 하고 때로는 사람에게 해를 끼치면서 번식하거나 죽어 가고 있습니다. 우리는 매일 음식을 먹어야 건강하게 생존할 수 있습니다. 그러한 음식들도 다양한 생명체라고 볼 수 있습니다. 과일이나 채소, 계란, 음료, 육류 등 우리는 어떤 생명체의 일부나 어떤 생명체 자체를 죽여서 인간의 음식물로 사용하고 있습니다. 우리 신체의 혈관과 세포들은 이러한 음식물로 인하여 생명을 유지해 가고 있습니다. 결국 인간도 질병이나 사고, 사건, 전쟁, 자살, 노화 등으로 죽음에 이르게 됩니다. 죽음은 새 생명의 출생만큼 흔한 것입니다. 하지만 다양한 형태의 죽음이 존재합니다. 그럼에도 우리는 행복한 죽음을 맞이해야 합니다. 죽음을 맞이하는 본인도, 남겨진 가족이나 지인들에게도 쓸쓸함보다는 충분히 위로가 되고 의미가 있는 그런 죽음이어야 합니다. 그러한 죽음을 맞이하기 위해서 우리는 오늘도 열심히 성실히 양심을 지키며 그렇게 살아가는 것입니다. 우리는 잘 죽기 위해 삽니다. 우리는 행복하게 살다가 행복하게 죽기 위해 삽니다. 행복하게 죽음을 맞이하려면, 죽음을 항상 준비하며 살아가야 합니다. 마치 오늘 당장이라도 죽을 사람인 것처럼 그렇게 살아가야 합니다. 미련도 욕심도 과하게 부리지 않고, 초연한 마음으로 살아가야 합니다. 스스로 태어난 날을 정해서 계획적으로 태어난 사람이 없듯이 우리는 그렇게 계획적이지 않게 세상을 떠날 가능성이 높습니다. 하지만 독립적이고 지혜로운 사람은 본인이 세상을 떠날 날을 대략 유추하며 준비합니다. 그러려면 먼저 지혜로운 사람이 되어야 합니다. 지혜는 밖으로부터 안으로 들어오는 것이 아니라, 안에서 스스로 생성되어야 진정한 지혜입니다. 본인 자신에게 관심을 갖고 좀 더 집중해야 합니다. 스스로를 더 잘 알아 가고 더 사랑하려고 노력해야 합니다. 그러다 보면 자연스럽게 인생의 지혜와 함께 자기 자신에 대한 지혜가 발생합니다. 또한, 그렇게 유추된 죽음을 의연하고 감사하게 받아들여야 합니다. 진시황처럼 영생을 추구하는 삶이 꼭 행복하거나 아름다운 인생은 아닐 수 있습니다. 유한한 삶이기에 더 가치 있고, 행복하고, 아름다운 인생일 수 있는 것입니다. …(중략)… 이번 강연 관련해서 질문 있으시면, 손을 들고 발언권을 얻어서 이야기해주세요!" 크 선생이 말했다.

맨 뒤쪽에서 말끔한 차림의 노신사 한 분이 손을 들었다. 행사를 진행하는 스탭이 뛰어가 마이크를 그에게 건네준다.

"크 선생님 안녕하세요! 저는 의사를 하다가 퇴직한 신 선생입니다. 선생님은 지난번 강의와 이번 강의에서 자살과 죽음에 대해서 말씀하셨는데요. 안락사나 존엄사에 대해서 어떻게 생각하세요?" 그의 목소리는 지역 사투리 특유의 억양이 남아 있었다.

크 선생이 심각한 표정으로 대답했다. "네, 안녕하세요! 신 선생님, 어려운 질문이네요. 저는 존엄사는 찬성합니다. 안락사는 굉장히 조심스러운데요. 관련 제도와 규정을 철저히 만들어서 제한된 경우에 한하여 상식적이고 합법적으로 시행한다는 전제하에서 부분 찬성합니다. 답변을 길게 드리기 어렵네요. 개인의 상황과 가치관에 따라서 많은 시각차가 존재할 수 있는 내용이기에 여기까지만 답변드리겠습니다."

"네, 선생님 답변 감사해요." 신 선생이 짧게 대답했다.

"추가 질문 없으시면, 이것으로 오늘 강연을 마치도록 하겠습니다." 크 선생이 마지막 멘트를 남겼다.

'인디펜던트 휴먼은 이렇게 말했다' 5차 특별 강연이 마무리되었다. 지난번 자살에 대한 강연에 이어 이번에 죽음에 대하여 강연을 들은 참석자들 중 일부는 '크 선생이 우울증에 빠진 것은 아닌가?' 걱정하는 이들도 있었다.

하지만 크 선생의 팬덤층에서는 선생이 사회적으로 말하기 민감한 주제에 대하여 이렇게 공론화시키는 것에 대해서 오히려 고맙고 반가워했다.

강연 후, 크 선생은 조용한 곳으로 숨어 혼자만의 시간을 갖는다. 그를 바라보는 가족들도 걱정이다. 안 그래도 말수가 적은 그가 요즘 통 말을 하지 않는다.

그의 무뚝뚝한 표정에서 속마음을 읽어내기란 땅속 깊은 곳을 알아내는 것만큼이나 어렵다. 몸도 약한 그인데 마음까지 약해진 것은 아닌지, 가족들은 거리를 두고 잠잠히 그를 바라볼 뿐이다.

36

DNA 설계자

- 특별 강연 6

"인간의 DNA를 만들고 설계한 이가 누구일까요? 우연적인 확률과 진화라는 개념으로 과연 인간 같은 복잡한 형태의 생명체가 존재할 수 있을까요? 우연적인 확률로 지구의 환경과 생명체, 태양계, 수많은 은하계와 우주가 이렇게 존재할 수 있을까요? 간단한 콘텐츠나 물건조차도 누군가의 계획과 의지와 실행력이 없으면 결코 존재할 수 없습니다. 우연의 일치로 여러분과 나, 그리고 이 지구가 존재할 수 없다는 것입니다. 그래서 저는 우주와 지구를 비롯한 인류에 대해서 DNA 설계자가 반드시 존재할 것이라고 확신합니다. 하지만, DNA 설계자가 신이 아닐 수도 있습니다. DNA 설계자가 외계인일 수도 있습니다. DNA 설계자라 할지라도 DNA 물질 자체를 만든 이는 아닐 수 있습니다. 심지어, DNA 설계자나 DNA 물질 개발자라 할지라도 신이 아니거나, 외계인이 아닐 수도 있습니다. 우리가 아직 인식하지 못하는 다차원 공간의 또 다른 인류일 수 있습니다. 더 나아가, 우리는 가상세계 속의 캐릭터일 수도 있습니다. 하지만 실세계이든 가상세계이든 허상이든 우리는 지금 어떤 형식으로든 존재하고 있다는 것입니다. 또는 '존재하고 있다'라고 느끼고 있다는 것입니다. 어떤 식으로 존재하든지, 존재한다고 느낀다는 것은 누군가에 의해서 만들어지고, 컨트롤되고 있다는 하나의 증거일 수 있습니다. 인류는 물질을 이루는 가장 기초 구성 요소의 근본적인 초기 탄생의 비밀이나 존재의 배경에 대해서 정확히 알 수 없으며, 유추하기도 어렵습니다. 다만, 다양한 가설을 세워 '아마 이럴 수도 있을 것이다'라는 수준인 것입니다. 이론의 가설을 위한 가정을 세우고, 또 가정에 가정을 세워서 그러한 이론들이 마치 거짓이 전혀 없는 진실인 것처럼 세상에 밝힙니다. 이 얼마나 소설 같은 인류 현실의 상황인가요? 인류는 세상의 근본 원리나 발생 배경, 시초에 대해서 사실은 정확히 모릅니다. 이러한 부분에서 우리는 비과학적인 방법인 신화나 설화, 종교 등에 의지합니다. 우리는 상상력을 이용해 만화, 웹툰, 애니메이션, 소설, 드라마, 영화 등을 만들고 '이럴 수도 있겠다' 하면서 스스로의 무지에 대응하여 위안하고 있습니다. 50보 100보의 상황에서 '어떤 것이 더 설득력 있는가?'를 논쟁합니다. 진실을 제대로 모르는 사람이 더 잘 모른다고 생각하는 사람에게 본인의 생각을 설득하거나, 주지시키거나, 심지어 강요하기도 합니다. 그럼에도 인류 문명은 여기까지 유지되고 발전되어 왔습니다. 인류를 구성하는 DNA가 우리를 여기까지 이끈 것입니다. 그럼 우리가 스스로 해낸 것인가요? DNA가 해낸 것인가요? DNA의 설계자가 해낸 것인가요? DNA의 창조자가 해낸 것인가요? DNA의 창조자를 창조한 이가 해낸 것인가요? DNA의 창조자를 창조한 이를 창조한 이가 해낸 것인가요? 그렇게 파헤치다 보면 우리는 더 깊이 알아낼 수도 이해할 수도 없는, 도저히 넘을 수 없는 단계들을 반복적으로 만나게 될 것입니다. 인류가 언젠가는 마지막 단계의 비밀을 알아내게 될까요? 결국, 맨 처음 시작된 그 무언가에 대해서 인류는 유추하기 매우 어렵습니다. 양파 껍질 속에 양파 껍질이 계속 반복되는 것처럼 그 시작을 시작시킨 그 무언가가 계속 존재해야 하기 때문입니다. 그럼에도 결국, 양파의 중심부에는 도달합니다. 그러나 그 양파의 중심부에 도달한다고 해서, 양파 자체의 시작점을 알 수 있는 것은 아닙니다. 이처럼, 우리가 DNA의 탄생 비밀에 대해서나 우주 탄생 비밀에 대해서 모두 알아냈다고 하더라도, 그 근본의 시작에 대해서 우리는 끝까지 알 수 없는 것입니다. 심지어, 그 근본 또한 스스로 자신이 어떻게 시작되었는지 설명할 수 없기 때문입니다. 다만, 그 근본은 이렇게 생각합니다. '내가 처음이었다. 내가 끝이 될 것이다.' 그 근본의 처음을 있게 한 그 무언가에 대한 설명은 하지 못합니다. 그 근본의 끝 이후에 무엇이 이뤄질지에 대한 설명은 하지 못합니다. 그러므로 스스로 근본자라 착각하며 존재하는 것입니다. 그렇게 본다면, 각각의 개인도 일종의 근본자라 생각될 수 있습니다. 그 누가 근본자 이전의 세상과 근본자 이후의 세상에 대해서 말할 수 있겠습니까? 다만, 현 인류에게 DNA의 존재는 우주의 창조자에 대한 경외심을 느끼게 합니다.
…(후략)…"

'인디펜던트 휴먼은 이렇게 말했다' 6차 특별 강연이 마무리되었다. 요즘 크 선생은 질문을 받기가 껄끄럽기도 하고, 두렵기도 하고, 귀찮기도 했다. 그는 될 수 있으면 질의 시간 없이 강연을 빨리 끝내려 한다. 강연이 끝나고, 크 선생은 조용한 곳으로 숨어서 또 혼자만의 시간을 갖는다.

아직도 크 선생은 사람들 앞에서 강연하는 것이 불편하다. 자신이 깨달은 바를 세상에 알려야 한다는 신념으로 여기까지 버텨 온 것이다.

사람들과의 만남도, 사람들 앞에서의 강연도 그에게는 많은 에너지가 소모되는 일이다. 오늘도 그는 혼자만의 시간을 가지면서 멍하니 앉아 있다. 그는 마치 우주 창조자의 생각을 읽어내려는 듯 깊은 묵상으로 빠져든다.

37

사람 중심 사회

- 특별 강연 7

"인류는 지금까지 많은 일들을 해 왔습니다. 문명을 이룩하고, 역사를 만들어 왔습니다. 하지만 이러한 현대 문명을 만들어 오면서 이제는 주객이 전도되는 일들이 발생하고 있습니다. 처음에는 사람들을 위해서 시스템을 만들었으나, 이제는 사람들을 통제하기 위한 수단으로 점차 시스템이 악용되고 있는 것입니다. 각종 제도는 인간성이 상실되어 가고, 사회 안전을 구실로 사람들을 통제하기 위한 수단으로 전락하고 있는 것입니다. 인류 스스로 인류를 통제하기 위한 수단들을 만들어 가는 것입니다. 일시적인 권력의 정점에 잠깐 앉아 있는 자들에 의해 통제의 수단은 점차 강화되고 있고, 그러한 통제들은 사람들의 숨통을 점차 조여 오고 있습니다. 인간의 자유는 형식적인 것이 되어버렸습니다. 인류는 다만, 통제된 사회에서 자유롭다는 착각 속에 살아가고 있습니다. 스스로를 옭아매는 규제들을 지혜로움이라 착각하며, 점차 더 강화하고 있는 것입니다. 사회가 빠르게 변화하고, 빠르게 발전할수록 각종 제도는 더 촘촘해지고 통제도 자연스럽게 강화되고 있습니다. 인류는 소코뚜레를 스스로 채우고 고삐를 팽팽히 서로 잡아당긴 채 이제는 우리가 안전하고 자유롭다고 외치고 있는 것입니다. 이 얼마나 우스꽝스러운 일인가요? 제도 안에서 사람 냄새는 점차 사라져 가고, 냉혹한 규제만이 가득해지고 있습니다. 사람들을 행복하게 잘살게 하기 위한 규제가 아니라, 이제는 사람들을 통제하기 위한 규제로 변해가고 있는 것입니다. 누가 그 고삐를 풀고 소코뚜레를 해체해야 할까요? 혼자서는 못 합니다. 서로가 서로의 고삐를 풀어주고 소코뚜레를 제거해야 합니다. 들판에 자유롭게 나다니는 소처럼, 우리 인간도 자유로운 인간성을 되찾고 그것을 통해 진정한 행복을 되찾아야 합니다. 최소한의 규제를 통하여 사회를 통제해야 합니다. 나머지는 사람들의 양심을 통해 관례로 해결해야 합니다. 사회가 복잡해지면 법도 복잡해져야 한다고 우리는 착각하며 살고 있습니다. 모든 것을 법으로 해결하기보다는, 대화와 소통이 먼저입니다. 그다음 용서와 화해가 먼저입니다. 그다음은 양심의 관례가 먼저입니다. 마지막 단계에서 매우 최소한의 것만 법으로 해결해야 합니다. 이 법의 덩치를 매우 작게 만들어야 합니다. 쉽고 상식적으로 만들어야 합니다. 특별히 공부하지 않고도 누구나 알 수 있게 만들어야 합니다. 그래야 예비범법자가 되지 않을 수 있습니다. 그래야 세상이 아름다워질 수 있습니다. 그래야 인간이 더 자유로워질 수 있습니다. 그래야 사람 중심 사회가 될 수 있습니다. 그래야 여러분과 제가 행복할 수 있습니다. 이제 여러분이 선택하십시오! 서로의 고삐를 풀어주고, 소코뚜레를 해체할지를…. 서로를 진정으로 믿어주고, 진정으로 의지하고, 진정으로 사랑하는 사회를 만들지를…. 현재와 미래 사회는 여러분이 만들어 가는 것입니다. 그 누구도 여러분을 위해서 이러한 사회를 만들어주지 않습니다. 여러분 스스로 움직여야 합니다. …(중략)… 이번 강연 관련해서 질문 있으시면, 손을 들고 발언권을 얻어서 이야기해주세요!" 크 선생이 말했다.

정중앙에서 올백 머리 스타일을 한 단단한 체형의 남성 한 분이 손을 들었다. 행사를 진행하는 스탭이 뛰어가 마이크를 그에게 건네준다.

“선생님 안녕하십니까! 저는 이 지역에서 사업을 하고 있는 임 사장입니다. 선생님은 그럼 지금의 법 체제를 완전히 부정하시는 겁니까?” 그의 목소리는 힘이 있고, 거칠었다.

크 선생이 담담히 대답했다. “네, 안녕하세요! 임 사장님! 법 체제를 완전히 부정하는 것이 아니라, 법 체제의 범주를 점차 축소해 나가는 방향으로 바뀌어야 한다는 것입니다. 행복한 미래 사회를 준비하기 위해 지금은 방향 설정을 잘해야 할 때이므로, 그러한 지향점을 가지고 변화가 필요하다는 것이지요. 물론 법에 대해서는 전문가도 많으시고, 다양한 의견들이 존재할 수 있기에 여기까지만 답변드리겠습니다.”

“네, 크 선생님 답변 감사합니다.” 임 사장이 짧게 대답했다.

“추가 질문 없으시면, 이것으로 오늘 강연을 마치도록 하겠습니다.” 크 선생이 마지막 멘트를 남겼다.

‘인디펜던트 휴먼은 이렇게 말했다’ 7차 특별 강연이 마무리되었다. 7차 특별 강연을 끝으로 크 선생의 이번 시즌 강연은 모두 마무리되었다. 크 선생은 조용한 곳으로 숨어 혼자만의 시간을 갖는다.

“인류 사회를 법과 제도로만 통제하려고 한다면, 인류의 미래는 완전히 숨 막히는 사회가 되고 말 거야. 그러면 겉으로는 안전해 보이겠지만 그곳은 지옥이 되고 말겠지. 이대로 간다면 사회 시스템은 점차 더 인간을 통제하고, 인간들은 서로를 감시하며 완전한 감옥 같은 사회를 만들어 내겠지. 인간 스스로 감옥을 만들어놓고, 그곳을 안전하고 평화로운 곳이라고 부른다면 그곳에서 정말 인류는 행복할 수 있을까? 그곳이야말로 디스토피아 아닌가! 인류는 안전함과 자유로움을 동시에 추구해야 해. 안전함과 자유로움의 균형을 어떻게 유지할 것인가? 누가 어떻게 균형의 기준을 정할 것인가? 미래 사회에서는 진정 자유롭고 행복한 시대가 열려야 하는데…. 완전히 자유로우면서도 안전한 사회가 유토피아지!"

그의 읊조림은 시계 초침처럼 한동안 계속되었다.

38

급속한 변화

세상이 조금씩 변화되기 시작하였다. 외계인의 TV 출연 사건과 돈에 대한 그의 새로운 제안, 기존 종교에 대한 문제 제기 등은 사람들에게 충분히 자극이 되었다.

그의 강연에 감동된 몇몇 소수의 사람들로부터 시작하여 조금씩 움직이는 사람들이 나타났다. 특히, 크사모를 중심으로는 적극적인 움직임도 일부 드러나고 있다.

크사모는 일명 '크사모 운동'을 사회운동으로 발전시키고, 전 세계로 확장시키기 위해 노력하고 있다. 크 선생의 책과 강연 내용을 바탕으로 전 세계 사람들을 계몽하자는 일명 '신계몽' 운동이다.

크 선생도 자신의 책과 자신의 강연으로 세상이 얼마나 어떻게 변화되는지 지켜보고 싶어 한다. 그는 현세대들과 이후의 세대들이 좀 더 행복하고, 평안한 삶을 살 수 있게 세상을 변화시키고 싶어 한다.

그는 오늘도 상상한다. 지구에 유토피아가 실현되는 상상을 말이다.

그는 마음속으로 이야기한다. "유토피아가 열리면, 그때 인류는 신을 만나게 될지도 몰라!"

시간은 쏜살같이 흘러, 어느덧 일상이 완전히 바뀌었다. 노동의 약 80%는 로봇으로 완전히 대체되었다. 로봇 대체율을 더 올릴 수도 있으나, 인류는 스스로를 위해 80%라는 수치를 유지하고 있다.

사람들은 이제 진정으로 원하는 일을 하며 산다. 일하기 싫은 사람은 일하지 않을 수 있다. 하지만 대부분 일을 통한 긍정적인 효과 때문에 일을 조금씩이라도 한다.

이제는 평균 주 3일 정도에 주당 총 근무 시간 9시간을 초과하지 않는다. 왜냐하면 로봇과 AI들이 사람 대신 일을 거의 다 해내기 때문이다. 또한 많은 사람들에게 일할 기회를 제공하기 위해 그렇게 제도상으로 일부 규제가 있는 것이다.

사실 일을 통해 받는 대가는 얼마 안 된다. 대가를 별도로 받지 않는 경우도 많다. 심지어 사람들이 맡고 있는 20%의 일 중에 4%만이 중요한 일이며, 나머지 16%는 필요 시 언제라도 자동화로 대체할 수 있는 일들이다.

인류는 일에 대한 중압감에서 거의 벗어났다고 볼 수 있다. 인류에게 일은 대부분 정신 건강과 소속감, 그리고 성취감 등 일을 통해 인간의 기본 욕구들을 일부 만족시키기 위한 행위로써 활용된다. 이제 사람들은 좀 더 인간적인 취미 활동에 집중한다. 책을 읽거나 쓰고, 그림을 감상하거나 직접 그리고, 노래와 춤을 구경하거나 직접 참여하고, 다양한 스포츠를 관람하거나 직접 참여하는 등 취미 활동은 이제 인간의 삶에서 매우 중요해졌다. 앞에서 말한 바와 같이 생계 수단을 위한 일이라는 개념이 거의 사라졌기 때문이다.

해저 도시와 해상 도시, 지하 도시와 하늘(공중) 도시, 우주 위성 도시와 화성 이주 도시 등 사람들이 거주할 수 있는 다양한 공간들이 지표면뿐만 아니라 추가로 건설되었다.

이동 수단도 물건들은 드론 택배 대신에 순간 이동 장치로 배달되며, 살아 있는 생명체는 순간 이동이 금지되어 주로 하늘을 날아가는 형태의 매우 빠른 자율주행 장치로 이동한다.

사람들은 출산과 육아 대신, 인공자궁과 공공육아 시스템을 활용하여 1년까지는 임신 및 출산과 육아의 어려움을 피해 갈 수 있는 길이 열렸다. 심지어 아이 출생 1년이 지나고 나서 아이를 직접 키우지 않기로 결정한 부모의 경우에는 공공시설에서 아이가 성인이 될 때까지 모든 것을 완전히 지원하는 체계를 갖추었다.

출산율은 자연스럽게 증가했으며, 생명공학과 의학의 발달로 인해서 사람들의 평균 수명은 이제 1,000세이다. 노화 없이 약 900세까지 20대의 젊음을 유지할 수 있다. 900세 이후에는 서서히 노화가 찾아와 약 1,000세쯤에는 안락사를 선택하거나 노환으로 인한 자연사를 선택할 수 있다.

종교는 같은 신념을 가진 사람들끼리 소수가 모여 종교 의식 행사는 진행할 수 있으나, 다른 사람들에게 특정 종교를 비방하거나 특정 종교를 포교하는 행위, 대규모 집합 종교 행사 등은 모두 금지된다. 대부분의 사람들은 본인만의 조용한 시간을 통해 자기 성찰 행위로 기존의 종교 활동을 대신하고 있다. 그럼에도 여전히 메시아의 재림을 기다리는 사람들은 있다.

사람들은 뇌에 칩을 꽂거나, 뇌파를 통한 정보 이동과 복사 방법을 통해 평균 지능 지수가 1,000 이상이며, 그 지혜의 수준이 매우 높아졌다. 그럼에도 불구하고 인류는 아직 우주 창조 원리와 우주와 생명의 시작, 인류 탄생의 시작 등에 대해서 명확히 밝히지 못했다.

수십 년 전에 전 세계 TV에 잠깐 나왔던 그 외계인들을 다시 만나고 싶어 하지만 그들은 종적을 완전히 감추었다. 이제는 그 외계인들을 신으로 믿고 종교 행위를 하는 사람들도 일부 존재한다.

세계는 핵무기를 모두 폐기하고, 국경이 없는 단일 국가 연합 형태로 통합되었으며, 그럼에도 특정 지역의 전통문화를 존중하는 분위기는 아직 남아 있다.

지구의 생태계를 깨끗하게 복원하여, 이제는 사람과 동물들이 함께 어우러져 살아가는 세상이 되었다. 다만 육식동물들에 대해서 사람에 대한 공격성을 제한하는 주파수를 발사하여 사람들에게는 더 이상 공격을 못 하는 상태이다. 심지어 뱀들도 더 이상 사람들의 거주 지역에는 나타날 수 없으며, 사람들을 공격할 수 없도록 주파수를 조절하고 있다.

물론 일부 거주 지역에서는 특정 동물들의 공격성을 제한하고, 지역민들과 함께 살아가는 공공 반려동물형 야생동물들도 존재한다. 심지어 어떤 동물원에서는 모든 동물들을 풀어놓고 동물 뇌의 주파수를 조절하여 서로에 대한 공격성을 완전히 제거해 사슴과 호랑이가 친구가 되는 경우가 종종 발생하고 있다. 공격성은 제한된 채로 동물원에서 제공되는 먹이만을 섭취하는 방식으로 유지되는 것이다. 이제는 사자나 호랑이 등 위에 올라타고 노는 어린아이들도 주변에서 보기가 어렵지 않다.

하지만, 이렇게 급속하게 변해 버린 세상에 불평하면서 예전이 좋았다고 생각하는 이들도 존재한다. 그들은 함께 모여서 깊은 지하 세계로 대부분 내려가버렸다. 지상 세계와 종종 교류하지만 그들만의 문명을 이룩해 가고 있다.

최 회장은 크사모 회장직을 조용히 내려놓고 지하 세계로 내려갔다. '차라리 예전 세상이 더 좋았다'라면서…. 유 총무가 크사모 2대 회장이 되었고, 강 기자가 총무가 되었다.

크 선생은 강연 외에는 크사모 모임에 어떤 영향력도 행사하지 않는다. 다만, 최 회장의 지하 세계 이주 소식은 그를 놀라게 했다.

이제 인류는 기상과 지진, 가뭄, 태풍, 해일, 화산 활동뿐만 아니라 일상의 날씨를 완전히 미세 제어할 수 있게 되었다. 해상 도시가 건설되고, 해저 도시가 건설된 배경에는 인류가 이러한 지구 환경 제어 능력을 완전히 갖추면서 가능하게 된 것이다.

이러한 지구 환경 제어 기술은 화성을 지구처럼 빠르게 변화시키는 데 일조했으며, 지금은 완전히 성공하여 화성으로 이주한 사람들이 많아졌다. 모험심이 강한 사람들이 주로 이주하였다.

달은 여행지로 발달하였다. 달은 개인 소유가 아니며, 세계 국가 연합 정부에 의해서 관리되고 개발되고 있다. 특히, 2박 3일 코스의 우주 여행지로 달은 최고의 인기이다.

화성은 세계 국가 연합 정부가 이주민들에게 땅을 분양하여 지구인들의 평균 수명과 인구가 증가함에 따라 화성 이주를 적극 독려하고 있다. 화성에는 화성 자치 정부를 허용하고 있으며, 지구의 세계 국가 연합 정부가 중앙정부의 역할을 하면서 화성 지원을 하고 있다.

인류는 순간 이동 기술을 통하여 대우주의 거의 끝이라고 생각한 위치까지 우주망원경을 보내서 사진과 영상을 촬영하며 조사하고 있으나, 인류가 인식하고 있는 대우주의 끝은 사실 수많은 대우주의 하나에 불과할지 모른다는 이론이 요즘 과학계의 대세이다. 결국 우리가 지금껏 알았던 대우주는 수많은 비눗방울 중 한 개에 불과하다는 것이다.

그 밖이 무엇으로 구성되었는지도 모르고, 또 다른 대우주는 어떻게 구성되어 있는지 알 길이 전혀 없다. 왜냐하면 인류는 현재의 기술로는 대우주의 끝이라고 추정되는 그 경계선 밖을 관찰할 수도, 빠져나갈 수도 없는 상태이기 때문이다.

아마 그 외계인들은 이 대우주 경계선 밖에서 왔을 것이라는 이론이 이제 과학계의 대세로 자리 잡았다. 그 외계 문명은 최소한 인류 문명을 훨씬 뛰어넘는 존재라는 것이다. 인류 문명의 갈 길은 아직도 멀어 보인다.

크 선생도 이제는 많이 늙었다. 그의 나이는 999세이다. 사람들은 그를 영웅이라고 부른다. 그가 없었다면, 인류의 현재가 끔찍했을 거라고 입을 모은다.

그는 요즘 자신의 안락사에 대해서 심각하게 고민하고 있다.

'마지막 강연을 하고 나서, 결론을 내야겠다.'

39

마지막 특별 강연

드디어 크 선생은 사람들 앞에서 마지막 특별 강연을 진행한다. 그의 마지막 강연에 참여하고자 사람들이 수십 년 만에 대규모로 모였다.

사람들은 각자의 공간에서 뇌파를 이용한 시청 장치로 강연을 관람하는 게 일반적인 관행이 된 지 오래다. 보통은 세계 국가 연합 정부의 주요 행사들도 뇌파를 이용하여 진행한다. 하지만 세계 연합 중앙 정부는 특별히 사람들이 대규모로 모여 크 선생의 강연을 직접 참관할 수 있도록 승인한 것이다.

크 선생은 백발노인의 모습으로 강연 무대에 나선다.

"인류는 유토피아와 디스토피아 사이에서 지금까지 살아 왔습니다. 인류는 좋은 세상을 만들기 위해 부단한 노력을 해 왔습니다. 이제는 전쟁도 사라졌고, 죽음도 더 이상 두려움의 대상은 아닙니다. 차별과 불공정, 분쟁, 부조리는 대부분 사라졌습니다. 우리가 살고 있는 지금 이 세상은 모두가 살기 좋은 세상인가요? 여러분들이 바라던 그런 세상이 펼쳐졌습니까? 최소한 디스토피아가 되지 않기 위해 인류는 발버둥 쳤습니다. 우리는 서로 많은 것을 양보하고, 용서하고, 이해하고, 협력했습니다. 그 어떤 것에도 의지하지 않고, 인류 스스로의 힘으로 서 있으려고 노력했습니다. 그럼에도 불구하고 우리는 이 지구와 태양계, 그리고 대우주에 의지하여 살아가고 있습니다. 완전한 유토피아도 완전한 디스토피아도 존재하기 어렵습니다. 그렇지만 인류는 더 자유롭고 더 행복한 세계를 구축하기 위해 노력해야 합니다. 지금 인류가 맞이한 세상은 진실한 유토피아 모습에 가깝다고 생각하십니까?"

크 선생은 강연 중 사람들 앞에서 힘을 짜내며 큰 소리로 외친다. "저는 늙었습니다. 이제부터는 저의 책을 읽고 저의 강연을 들은 여러분이 진실한 유토피아를 향해 움직일 차례입니다."

사람들은 그의 강연에 열광하였다.

"지지직… 지지직…." 수박이 깨지는 듯한 압력의 두통과 함께 그는 몽롱한 상태로 빠져든다. 그 순간 어디에선가 큰 굉음이 들려온다.

"둥두두두두~ 따따따따~ 쾅~ 쾅."

빗발치는 포탄과 총소리에 잠시 그가 깨어난 것이다.

이곳은 전쟁터이다. 밤새껏 야간 전투가 벌어지며, 전선이 형성되어 있다. 이 전쟁은 인류의 마지막 세계대전이라 불리고 있다. 왜냐하면 핵보유국들이 일제히 서로를 향해 핵 단추를 누르기 일보 직전의 상황이기 때문이다.

그는 정신을 차리려고 노력하지만, 포탄의 파편이 어깨를 중심으로 온몸에 박혀 피를 많이 흘린 상태다. 인류의 마지막 세계대전이 발발하면서 한국군으로 재입대한 것이다.

옆의 전우가 그를 흔들며 소리친다.

"정신 차려! 잠들면 죽어!"

사방에서 들려오는 포탄과 총소리는 꿈에서 뇌성 소리로 반영되었다. 아이러니하게도 섬광이 번쩍일 때 전쟁터의 새하얀 절경은 눈물 나게 아름다웠다.

하얀 것이 눈인지, 분진인지 구분되지 않았다. 어디까지가 현실이고, 어디까지가 꿈인지도 구분되지 않았다.

나름 규칙적이면서도 자주 발현되는 '…(중략)…' 현상도 사실은 꿈속에서 뇌의 무의식 활동이 갑자기 끊기는 블랙아웃 때문이었다. 또한 섬세하지 못하고 풍성하지 못한 내용과 상황 전개는 꿈이 가진 특유의 한계였다.

온몸의 무감각해진 통증과 포탄 터지는 소리에 그는 전율하며 알 수 없는 깨달음을 얻어 가고 있는 것이다.

"으으윽하아…." 그가 힘겨워진 숨 사이로 신음 소리를 내는 듯했다. 이윽고 그는 비몽사몽 정신이 점차 혼미해졌다. 그리고선 다시 깊은 꿈에 빠져들었다.

사실 이 모든 것은 인류의 마지막 세계전쟁 중에 다친 어떤 군인의 꿈속에서 다시 이중으로 꿈에 빠졌다가 한 겹의 꿈에서 깨어나 깨달음을 얻었다는 착각 속에 벌어진 크 선생의 꿈속 이야기들이다. 이 모든 것들이 전쟁터의 사선에서 비몽사몽간 꿈속의 꿈이라는 깊은 상태에 연결된 찰나의 순간에 너무나 현실 같은 꿈을 꾼 것이다.

"지지직… 지지직…." 다시 꿈속 강연장으로 연결된다.

"여러분, 저는 영웅도 성자도 아닙니다. 다만, 좀 더 일찍 깨달아버린 평범한 사람입니다. 저는 이러한 작은 깨달음을 가지고 소설책을 쓰고 강연을 한 것입니다. 저에게 지금까지 많은 관심과 애정을 가져주셔서 감사드립니다. 하지만, 이 책에 특별한 그 무언가는 없습니다. 다만, 이 책과 강연이 여러분의 삶에서 변화의 고동이 되었으면 합니다. 인류는 현재 표류하는 배에 다 함께 승선해 있는 것입니다. 이만, 마지막 강연을 마치면서 한 말씀 드립니다. 그럼에도 불구하고, 소설은 소설입니다."

크 선생은 「표류하는 배」라는 자작시 한 편을 읊으며, 마지막 특별 강연을 모두 마무리한다. 크 선생의 가족들과 후손들도 그의 마지막 강연에 참석하여 눈시울을 붉히며 조용한 박수를 보낸다.

11월, 늦가을인 오늘은 그의 999번째 생일날이기도 하다. 특히 그의 자녀들도 이제 나이가 많이 들었지만, 아버지의 강연을 들으며 지난날 아버지를 이해하지 못하고 지지하지 못했던 자신들의 행동이 아버지의 마음을 얼마나 힘들게 했을까 생각한다.

'병원에 누워 계신 어머니와 화성에 있는 막내 가족들도 함께 왔으면 좋았을 텐데….'

참석한 자녀들은 많이 아쉬워한다.

크사모 회원들과 청중들의 마지막 박수갈채를 받으며, 그는 천천히 사라진다.

…(중략)…

"지지직… 지지직…."

"쾅~ 쾅~ 둥두두두두~ 따따따따~."

아군 전투 로봇들이 격전지 제1선에서 완전히 무너졌다는 소식이 들려온다.

"웅~ 웅~ 웅~ 웅~." 전투 드론 수백 대가 떼를 지어 마치 보름달처럼 빛을 뿜어내며 격전지로 순식간에 날아간다. 어디선가 목소리가 들려온다.

"잠들면 안 돼!"

40

자작시 한 편 - 표류하는 배

강렬한 태양이 물결에 나부끼고

거센 파도가 바람이 되어 부딪친다.

어느새 천둥 번개가 외치면

성난 비바람이 파도가 되어 입을 벌린다.

망망대해 표류하는 배에는

깨어 있는 사람이 없다.

꿈결 선장이 외치는 한마디

고동을 울려라!

폭풍 가운데 깨어난 한 아이는

배 안의 사람들을 깨울 수 없다.

울다 지쳐 잠든 아이는

깊은 꿈속에 빠져든다.

에필로그

프롤로그에서 언급한 것처럼, 이 책은 소설 속의 강연이라는 특이한 구조를 갖고 있다. 아직 일어나지 않은 일이지만, 곧 일어날 가능성이 매우 높은 내용을 이야기하는 현실적인 소설이다. 미래를 대비하려면 좀 더 진지해야 하지만, 미래에 대해서는 그 누구도 정확히 이야기할 수 없기 때문에 소설이라는 형식을 사용했다.

색다른 소설 형식이지만, 그 안에 진국의 요소가 있다. 세상에 대중적으로 잘 알려진 그 어떤 것들도 다 처음과 시작이 있었다. 우리는 기존의 틀을 깨고, 기존의 발상을 전환하여 새로움을 창조할 필요가 있다. 새로움의 추구야말로 문명의 시발점이며, 문명의 에너지이며 문명의 발전 가능성이다.

에필로그를 읽고 있는 당신의 머릿속은 이제 새로운 시각으로 리셋되었을 것이다. 어쩌면 크 선생도 아직 이르지 못한 완전한 각성의 단계까지 다다르게 되었을지도 모른다.

크 선생이 여러분께 외친다. "잠들면 안 돼!"

이제, 새로운 시각으로 여러분이 움직일 차례이다.

그럼에도 불구하고, 소설은 소설이다.

완전히 새로운 소설책의 도전을 마치며….

-끝-